KB082882

그분이라면 생각해볼게요

그분이라면 생각해볼게요

유병숙
에세이

특별한서재

〈한국산문〉〈에세이스트〉〈현대수필〉〈한국수필〉〈수필문학〉〈월간문학〉 등
다수의 문예지와 〈조선일보〉〈충청매일〉 등에 발표된 글을 재구성했습니다.

어릴 적 나는 옛날이야기를 좋아했다.

문밖 계단에는 은발의 동네 할머니가 무명옷을 입고 앉아 있었다.

"할머니, 옛날이야기 해줘."

할머니는 빙그레 웃으며 이야기보따리를 풀어놓으셨다.

나는 이야기를 듣다 잠이 들곤 했다.

지금도 이야기를 좋아한다.

살아갈수록 내게 자신의 속내를 털어놓는 이들이 늘어났다.

말하기에 앞서 눈물부터 흘리는 사람도 있었다.

나는 이야기 듣기에 많은 시간을 할애하게 되었다.

시어머니는 나에게 많은 이야기를 남기셨다.

그분의 온 생애가 이야기였다.

돌아가신 지금도 내게 조곤조곤 말을 거신다.
나는 그 말씀을 받아 적는다.
기억하는 한 그분은 사라진 것이 아니다.

시어머니가 요즘 자주 꿈결에 오신다.
지청구를 듣고 쩔쩔매다 깨어나기도 한다.
돌이켜보니 지나간 시간이 한바탕 꿈만 같다.

문득 글의 주인공들이 보고 싶어 사진첩을 펼쳤다.
사진 한 컷마다 빛나는 순간이 담겨 있었다.
싱그러운 초록빛 시절이 가슴을 찡하게 흔들었다.
헌데, 사진 속 인물들은 왜 하나같이 해바라기처럼 웃고 있
는 걸까?
그들 사이에 나도 끼어 있었다.
환한 빛이 가슴을 밝게 물들이기 시작했다.

책을 예쁘게 엮어주신 '특별한서재'에 진심으로 감사의 인
사를 올린다.

2019년 봄, 북한산 인수봉을 바라보며
유병숙

1

그분이라면 / 생각해볼게요

그분이라면
생각해볼게요

"당신, 점심은 드셨어요?"

아버님을 향해 묻는 어머니의 얼굴에 생기가 돈다. 방금 두 분이 마주앉아 드시고는 그새 잊으셨나 보다.

시어머니는 도돌이표처럼 말씀을 반복하신다. 답답해진 내가 "어머니, 좀 전에도 아버님께 여쭤보셨잖아요." 하니 어머니는 망연자실한 표정으로 "내가 바보라서 그래. 바보가 다

됐어." 하며 울음을 터뜨리셨다. 당황한 내가 아무리 달래도 소용없었다. 허나, 울고 싶은 사람은 정작 나였다.

그 모습을 물끄러미 지켜보던 시아버님이 나를 부르셨다. 아버님은 내 눈을 피해 허공을 바라보며 말씀하셨다.

"네 어머니는 치매가 아니다. 그냥 건망증이 심하게 왔을 뿐이야. 그렇게 알거라."

이 무슨 말씀이신가? 종합병원에서 치매라는 진단이 나왔고, 또 건강보험공단으로부터 '장기요양 3등급' 판정 통지서가 날아온 것을 온 식구가 다 알고 있는데 애써 태연한 척하시는 그 모습에서 60여 년 동고동락해온 아내의 자존감을 지켜주고 싶은, 한 지아비의 마음을 읽을 수 있었다. 가슴이 아렸다. 당신도 노환으로 불편한 몸일망정 아버님은 어머니의 가장 힘 있는 보호자였던 것이다.

어느 날부터인가 어머니의 음식 맛이 달라지기 시작했다. 정체불명의 음식이 식탁에 올라왔다. 조리법과 상관없이 갖은 양념을 마구 넣어 섞었다. 고유의 음식 맛이 사라지고 이도 저도 아닌 잡탕 맛에 식구들은 난감해했다. 어머니는 음식 만드는 방법을 잊어버린 것이었다. 그래도 일절 내색하지 않고 잘 드시는 아버님의 인내심이 존경스럽기까지 했다. 그 앞에서 가족 누구도 감히 음식 타박을 할 수 없었다. 미식가였던 아버님을 사로잡았던 그 손맛은 이제 아련한 그리움으로 남았다.

유난히 금실이 좋았던 두 분은 늘 손을 잡고 다니셨다. 아담한 키에 중절모를 쓰신 아버님이 어머니와 함께 집을 나서면 썩 보기 좋은 황혼의 그림이 그려지곤 했다. 두 분이 외출하신다고 해서 옷 입는 것을 도와드릴 겸 살짝 방문을 열었다. 어머니는 외투 단추를 잘못 끼워 삐뚜름하게 옷을 입고 서 계셨다. 아버님은 단추를 다시 끼워주고 스카프도 살펴주셨다. 어깨를 툭툭 쳐주며 "됐다!" 하신다. 나는 슬며시 문을 닫고 나왔다. 부부가 다정한 친구처럼 늙어가는 모습은 내가 닮고 싶은 것이었다. 머지않아 닥쳐올 내 모습이 오버랩 되기도 했다.

그런 아버님께서 자리에 눕게 되자 어머니는 그림자처럼 늘 곁에 계셨다. 아버님은 당신의 다리를 주무르는 어머니와 소곤소곤 얘기를 나누셨다. 어머니가 빨리 털고 일어나라 채근하면 아버님은 "으쌰!" 하는 기합과 함께 일어나는 시늉으로 맞장구를 치며 찡긋 윙크까지 날리곤 하셨다.

기력이 약해지신 아버님께서 어느 날 남편을 찾았다. 반백의 아들을 보고 잠시 머뭇거리더니 "그동안 고마웠다. 미안하다. 어려운 부탁이지만 네 어머니를……." 차마 말씀을 맺지 못하셨다. 대답 대신 아버지와 마주 잡은 남편의 손에 힘이 들어가는 게 보였다.

그로부터 며칠 후 아버님의 상태가 급격히 나빠졌다. 아버님이 혼수상태에 빠지자 어머니께서 흐느끼며 말씀하셨다. "같이 간다고 하더니 혼자만 가우? 나도 데리고 가요."

하지만 이미 저승의 문턱에 한 발을 걸친 아버님은 아무 반응이 없으셨다. 아버님이 임종하시기 직전에 어머니는 갑자기 "여보, 사랑해요. 정말 고마웠어요. 마음 편히 가시구려." 하는 게 아닌가! 순간 아버님의 눈가에 한줄기 눈물이 주르륵 흘렀다. 그러고는 평온하게 숨을 거두셨다. 아버님은 생의 마지막 끈을 놓기 전에 어머니의 음성을 알아들으신 것이었다.

그 후 어머니의 상태도 빠르게 나빠졌다. 어머니는 걸핏하면 "아버지는 어디 갔수?" 하며 식구들을 놀라게 하셨다. "멀리 여행이라도 갔나? 무슨 사고라도 당했나? 언니! 별일 없겠지요?" 어머니는 급기야 며느리인 나를 언니라고 부르기 시작했다. 치매는 어쩌면 극도의 슬픔을 지우는 지우개인지도 모르겠다.

아버님 근황을 물으시는 어머니가 애처로워 "보고 싶으서
요?" 하고 여쭈면 "꼭 그런 건 아니에요." 하며 살짝 마음을
감추셨다.

"참 착하고 진실한 사람이었는데."

아련한 눈길에 그리움이 절절했다.

아침에 목욕을 시켜드리고 어머니의 얼굴에 로션을 발라
드렸더니 싱긋 웃으며 "어휴, 좋은 냄새! 언니, 나 시집보내려
우?" 하며 한껏 달뜨신다.

"멋진 할아버지 구해드려요?" 짓궂은 내 말에 "싫어. 혹시
내 신랑이라면 모를까."

"신랑이 누구예요?"

어머니는 얼른 아버님 함자를 대며 "그분이라면 생각해볼
게요!" 하신다.

귀여우신 우리 어머니! 수줍은 구십 노파의 눈동자에 생전
의 아버님이 한가득 고여 있었다.

내 이름은
유병숙

"유병숙 씨."

시집온 첫날, 시어머니께서 내 이름을 부르셨다. 처음 뵈었을 때도 호명을 하시더니 또 그렇게 나를 찾았다. 내 이름인데도 어머니께서 부르니 남의 이름인 듯 낯설었다. 며늘아기라는 호칭이 어색해서 그러시나 했는데 알고 보니 남편, 시누이, 맏동서, 심지어 백년손님이라는 사위들까지 모두 이름으로 부르셨다. 30여 년 전 일이니 그는 파격에 가까웠다. 이웃들이 통박을 주고, 막내 사위까지 거들어 이의를 제기했지만 "이름 아꼈다 뭐하게?" 하며 아름다운 고집을 꺾지 않으셨다. 신선한 충격이었다.

친정아버지는 항렬에 따라 '병(炳)'자 돌림으로 우리 사 남매의 이름을 지으셨다. 돌림자가 들어가면 형제·자매지간에 우애가 돈독해진다는 속설을 따르셨다. 또한, 이름처럼 밝고 명랑하게 살아가길 바라셨다. 하지만 아버지의 뜻과는 달리 나는 '병아리', '병신', '병원' 등으로 불리며 아이들에게 놀림을 당했다. 특히 병신이라는 별명은 어린 가슴에 상처로 남았다. 예쁜 이름도 많건만 돌림자를 고집하신 아버지를 원망하기도 했다. 남에게 이름 밝히는 게 점점 꺼려졌다. 이름 대신 닉네임을 쓰기도 했다. 이름을 바꾸려고 친정엄마께 여쭈었다가 혼이 난 적도 있었다. 아버지는 작명할 때마다 무척 만족하고 행복해하셨단다. "아버지 서운하게 하지 마라." 엄마가 한숨을 내쉬셨다.

그렇게 오랫동안 지병 같던 이름앓이가 치유되기 시작했으니 이는 순전히 어머니의 공이었다. 밝을 병(炳), 맑을 숙(淑). 비로소 그 본의가 새롭게 다가왔다.

어머니는 어쩌다 당신 친구 분들이 마실 올 때나, 매일 버릇처럼 들르곤 하는 재래시장에서도 만나는 사람마다 "우리 둘째 며느리 유·병·숙이요." 하며 소개하곤 했다. 어머니의 뜻이 통했는지 점차 내 이름이 불리기 시작했다. 촌스럽다며 움츠리고 숨기 바빴던 '병숙'이란 녀석도 아마 깜짝 놀랐을 것이다. 내 이름은 그렇게 당당하게 어깨를 펴게 되었다.

어느 한가한 봄날이었다. 거실 탁자에 앉아 내가 한자 공부를 하고 있는데, 재봉틀을 돌리던 어머니께서 "나는 옷을 만들고 유병숙이는 공부를 하니 얼씨구 좋다!" 가락을 붙여 노래하셨다. 나도 얼른 "얼씨구 좋다!" 맞장구를 쳤다. 어머니는 어깨를 들썩이며 노래를 이어 부르셨다. 열린 방문 사이로 고부간의 풍경을 엿보던 아버님도 만면에 웃음을 지으셨다. 그날 오후의 그 흥겨운 노랫가락과 정경이 아직도 귓가에 쟁쟁하고 눈앞에 삼삼하기만 하다.

때때로 시집살이가 힘겹다고 느껴질 때면 어머니는 어김없이 "유병숙아." 하고 유난히 크게 부르셨다. 그때마다 마음을 들킨 것 같아 괜스레 얼굴이 달아오르곤 했다. 아마도 어머니는 관심법에 능통했나 보다. 어쩌면 그렇게도 내 마음을 잘도 읽어내시는지, 지금 와서 생각해도 불가사의하다. 그렇게 이름이 불릴 적마다 나는 부지불식간에 어머니께 한 걸음씩 가까이 다가가고 있었다.

우연히 한 동호인 모임에 가입했는데, 당신의 이름을 기억하고 불러주기에 열심히 나온다는 어르신이 계셨다.

"이름 없이 살아온 지 하세월인데, 글쎄 이 모임에 오면 내 이름을 불러주었어! 마치 나를 다시 찾은 기분이더라고. 그게 고마워 빠지지 않고 즐겁게 다니고 있다네."

가슴이 뭉클했다. 일찍이 내 이름을 불러주신 어머니가 새삼 고마웠다.

오늘 아침, 치매를 앓고 계신 어머니가 "유병숙아!" 하고 나를 찾았다. 병세가 깊어진 어머니는 이름과 나를 따로따로 기억하신다. 그러나 당신 며느리 이름이 '유병숙'인 것만은 잊지 않았다.

"네, 유병숙이 여기 왔어요. 왜 찾으셨어요?"

쪼르르 달려가서 얼굴을 내밀었더니 "어마, 우리 유병숙이가 아닌데, 우리 유병숙이는 젊고 예뻐요. 댁은 누구슈?" 하며 되물으신다. 어머니의 시간은 나의 새댁 시절에 멈춰 흐르지 않고 있었다.

갑자기 어머니는 돌아가신 아버님 함자부터 시작하여 자

식들의 이름, 당신의 존함까지 몇 번이나 되풀이해서 물으셨다. 생면부지의 사람을 대하듯 나를 뚫어지게 바라보더니 갑자기 울기 시작하셨다.

"이름은 있는데 사람이 없네."

그랬다. 나는 어머니가 알고 있던 그때 그 사람이 아니었다.

독일의 철학자 하이데거는 '언어는 존재의 집'이라고 했다. 그에 따르면 인간이 사유하는 방식은 그가 사용하는 언어 수준을 넘어서지 못한단다. 또한, 시인 김춘수는 그의 시편 〈꽃〉에서 '내가 그의 이름을 불러 주었을 때/ 그는 나에게로 와서/ 꽃이 되었다' 하지 않았던가.

망각이라는 강 앞에서 서성이고 계신 어머니! 그래도 끝까지 가족의 이름만은 놓지 않고 계신다. 대견하고 고맙기 한량없다. 가족의 이름을 기억하고 계시는 한 어머니는 우리를 잊은 게 아니다. 이 얼마나 큰 위안인가. 어머니로부터 내 이름이 불리는 동안 난 여전히 잊히지 않은 어머니의 '유병숙'이니까.

눈부처

　현관문을 여니 도란도란 말소리가 들려왔다. 시어머니와 딸은 이야기하느라 내가 들어서는 걸 눈치채지 못했다. 나도 모르게 몸을 숨기고 두 사람의 대화를 엿들었다.

　"할머니 이건 뭐지요?"

　"몰라. 잊어버렸어."

　"아휴 방금 가르쳐 드렸잖아요. 자, 다시 따라 해 보세요. 이

건 물병, 요건 컵!"

"이건 물병, 요건 컵."

어머니는 그제야 따라 하신다.

"맞아요. 참 잘하셨어요."

딸이 손뼉을 치며 좋아한다. 선생님이 된 손녀 앞에서 어린 학생으로 돌아간 노(老) 할머니의 얼굴에 안도의 빛이 감돈다. 딸은 어머니에게 물건들의 이름을 가르치고 있었다.

알츠하이머를 앓기 전 어머니는 참으로 총명하셨다. 산야의 희귀한 나무와 생소한 꽃 이름까지 일일이 내게 알려주셨다. 암산으로 계산도 잘하셨다. 깜빡깜빡하는 나를 오히려 챙겨주셨다. 지금도 여전히 차분한 성격에, 귀도 밝고, 두서는 없지만 말씀도 잘하시는데, 의사는 기억을 관장하는 해마의 크기가 많이 줄어들었다고 한다. 뜨겁다, 맵다, 싱겁다 등등 감각과 관련된 단어들은 온전히 구사하고 계셔서 그나마 다행이다.

머리를 맞대고 앉은 딸과 시어머니. 그 모습을 보고 있자니 딸아이에게 말을 가르치던 오래전 어머니의 모습이 떠올랐다.

딸아이는 걸음마를 시작하면서부터 말문이 터졌다. 맘마,

빠빠를 시작으로 아이스크림을 '아큼'이라 했고 할머니를 '하니', 할아버지를 '하지'라고 불렀다. 딸아이의 앙증스런 발음은 어머니의 부단한 노력 덕분이었다. 어머니는 딸의 최초의 언어 선생님이었다.

강원도 고성이 고향인 어머니는 평소 사투리와 일본말을 섞어 쓰셨다. 국물을 '마룩'이라 했고, 누룽지는 '솥홀치'라 했다. 아이는 할머니가 시키는 대로 앵무새처럼 따라 했다. 그런데 이상하게도 아이는 'ㅁ'자 발음에 서툴렀다. 라면은 '라년', 그러면은 '그러년'이라 했다. 시어른 슬하에 있는 나로서는 지켜볼 수밖에 없었다. 속이 타들어 가는 듯했다. 사투리를 쓰는 어머니 탓이라고 원망도 했다. 그러다 어머니 몰래 병원에 데리고 가서 딸의 치아나 혀에 이상이 없는지 상담까지 했다. 그런데 의사의 말을 들어보니 'ㄹ, ㅁ, ㅇ'은 유아가 발음하기 어려운 부드러운 음절(유음)이라고 했다. 우리 딸만 그런 것이 아니라고 해서 어머니께 죄송했다.

내색은 않으셨지만 어머니는 은연중에 내 마음을 읽은 모양이었다. 손녀의 정확한 'ㅁ'자 발음을 위해 교정 연습과 반복 학습을 열심히 시키셨다. 또한 표준말을 가르치느라 애를 쓰셨다. 그 노력 덕분인지 어머니 당신의 고질적인 사투리까지 서서히 교정되었다.

눈만 뜨면 책을 찾는 손녀를 위해 어머니는 당신 방을 아예 서재로 꾸몄다. 어머니가 책을 읽어주다 말고 끄덕끄덕 졸고 있으면 딸은 처음부터 다시 읽어 달라고 칭얼댔다. 짜증 낼 만도 하건만 싱긋 웃으며 다시 읽어주셨다. 그 덕분에 아이의 어휘력도 쑥쑥 자라나게 되었다.

그러나 시댁 근방에는 유치원이 없었으니 딸을 위해 우리 내외는 분가할 수밖에 없었다. 이제야 하는 말이지만 딸을 핑계로 분가하는 그때의 심정은 솔직히 하늘을 날 것 같았다. 하지만 어머니는 내 마음과 달랐던 모양이다. 그날 이후 몸져누우셨다. 절간같이 적적해서 못 살겠다며 많이 우셨다.

일요일이면 어머니는 대문을 활짝 열고 밖에 나와서 손녀를 기다리셨다. 도착 시각을 알려드릴 테니 미리 나와 계시지 말라고 신신당부해도 막무가내였다. 우리 가족은 해뜨기가 무섭게 인왕산 자락에 있는 시댁으로 달려갔다. 집에서 시댁까지는 자동차로 겨우 15분 거리였는데 어머니는 한 시간도 넘게 서 계시곤 했다. 시누이들의 핀잔과 걱정에도 아랑곳하지 않으셨다. 어떤 폭염이나 혹한도 어머니의 손녀 사랑을 막지 못했다. 조손(祖孫)의 만남은 흡사 이산가족 상봉을 방불케 했다. 뉘라서 둘 사이에 끼어들 수 있었겠는가.

그 후 연로하신 어머니를 우리가 모시게 되었다. 그런데 어머니의 기다림 병은 더 심해졌다. 사랑하는 손녀의 귀가 시간을 하루에도 몇 번이나 되물으셔서 식구들을 성가시게 했다. 그러니 딸의 귀가는 점차 빨라질 수밖에 없었다. 구순의 어머니는 시집갈 나이가 된 손녀를 아직도 어린 꼬마로 기억하고 계신다. 애틋했던 그 시절을 영영 잊고 싶지 않은 모양이다. 치매를 앓고 있는 할머니가 안쓰러워 어린 딸은 걸핏하면 눈물지었다.

기척을 하자 딸이 놀라 돌아보았다. 어깨를 으쓱하며 다가가 딸을 꼭 안아주었다. 나는 이미 딸에게, 할머니께서 같은 말을 열 번 스무 번 물으시더라도 열 번 스무 번 대답해드리라고 당부해두었었다. 그 옛날 정성을 다해 어린 손녀를 가르쳤던 어머니. 손녀 사랑이 유별했던 우리 어머니. 이제 그 크신 은혜에 적으나마 손녀는 이렇게 화답하고 있었다.

나는 조용히 어머니 손을 잡았다. 마주 보는 어머니의 촉촉한 눈가에 따뜻한 미소가 산그늘처럼 번지고 있었다.

언니는
일등 요리사

"맛있네."

"이게 무슨 국인데요?"

국그릇을 물끄러미 바라보던 시어머니는 마치 고장 난 레코드처럼 "아휴, 뜨끈하니 맛있네"라는 말씀만 되풀이하기 시작했다.

치매를 앓고 계신 어머니는 엉뚱한 대답을 반복하곤 했다.

무엇을 모른다는 말씀은 절대 하지 않았다. 망각의 세계가 어머니의 언어를 장악하고 있었다. 사물을 앞에 두고도 그 이름을 모르는 병, 치매.

나는 왜 어머님이 대답하기 어려운 질문을 던졌던 걸까? 그냥 "미역국 맛있게 드세요." 하면 될 것을.

혹시 "어멈아, 미역국 맛이 제대로구나! 참 잘 끓였다. 내 입에 딱 맞아"라는 말을 기다리고 있었던 걸까? 아! 그 말은 내가 어머니께 듣고 싶었던 최고의 칭찬이기도 했다.

개성으로 시집와 시할머니께 전수받은 어머니의 손맛은 유별나게 깔끔하고 담백하며 맛깔스러웠다. 박완서 소설 『미망(未忘)』에 소개되어 독자들의 시선을 모았던 개성 음식들. 그런 밥상을 우리는 누렸었다. 이는 어머니의 자랑이었고 가족의 행복이기도 했다.

하지만 그 독특한 비법을 소상히 알려주는 일은 없었다. 며느리는 물론 시누이들에게조차 입을 열지 않으셨다. 칭찬을 독차지하고 싶은 마음이 얼마나 크기에 그러셨을까? 그 성역에 나는 감히 발도 디밀지 못하고 주위만 뱅뱅 맴돌곤 했었다.

어머니의 낙은 TV 요리 프로그램 시청이었다. 때론 새로운 조리법을 창조해 친척들을 놀라게 했다. 어쩌면 그것은 아버님의 그늘에서 벗어나지 못해 쌓인 스트레스를 풀어내는 유일한 탈출구였을지도 모른다.

내가 주방에 없을 때 어머니는 후다닥 음식을 만드셨다. 그 속도를 이기지 못한 그릇들이 중구난방 조리대에 널브러져 있기 일쑤였다. 소낙비를 만난 듯 어수선한 부엌에서 나는 늘 망연자실했다. 좀 가르쳐주면 어때서 그러시는 건지. 어머니의 정통 전수자는 누가 뭐래도 내가 아닌가?

먹어본 사람만이 그 맛을 기억한다고 했다. 어머니의 비밀스러운 조리법을 어깨너머로 외우고, 맛을 보고 또 보았으며, 튀김기름에 얼굴을 데어가며 흉내를 내기 시작했다. 어떻게 해서든 어머니께 인정받고 싶었다.

결혼 5년 차 즈음의 어느 한적한 점심때였다. 어머니와 나는 달랑 된장찌개 한 냄비를 앞에 놓고 김치도 없이 밥을 먹었다. 한참을 드시더니 "너랑 나랑 살면 이렇게 간단하게 먹을 수 있는 것을. 참 맛있고 편하구나." 순간 머리가 번쩍했다.

음식은 음식일 뿐이었다. 요리에의 집착은 한낱 부질없는 건 아닐까 하는 생각이 스쳤다. 요리라는 업보가 평생 어머니를 짓누르고 있지는 않았을까? 막내딸이라고 칭하던 나에겐 그 마법이 손을 내밀지 않기를 바랐는지도 모른다. 그해 여름 단출했던 소반은 이제 어머니와 나만의 전설이 되었다.

잠깐 틈을 내보이던 어머니는 다시 본연의 자세로 돌아갔고 나의 감질나는 종종걸음은 계속되었다. 그렇게 익힌 음식들과 은밀하게 어머니와 나만이 공유했다고 믿었던 맛의 세계는 이제 그 원천을 잃어버리고 말았다.

아침상에 미역국을 올리려 간을 보다가 아! 그 맛이 찾아왔음을 느꼈다. 첫아이 출산 후 어머니가 끓여주셨던 그 맛이 꿈결처럼 찾아왔다. 달큼하고 구수하며 가슴속까지 개운했던 그 맛! 어느새 아지랑이처럼 산모 시절 추억이 스멀스멀 올라왔다.

어머니는 큰 솥에 쇠고기 양지머리를 두 근 넣고 푹 삶은 뒤 고기는 건져서 잘게 썰어두었다. 그 국물의 반을 덜어 내고 박박 씻어둔 대각미역을 넣고 집 간장으로 간을 했다. 거기에 참기름을 살짝 첨가하여 달달 볶았다. 어느 정도 미역에 간이 배면 나머지 국물을 조금씩 나눠 넣으며 푹 끓였다. 노랗게 국물이 배어 나오면 얼추 다 된 것이다. 마지막으로 썰어 놓은 고기를 고명으로 얹었다. 마늘이나 파를 넣지 않아도 시원한 맛이 났다. 수없이 많은 미역국 조리법이 있지만,

어머니는 늘 이 방법을 고집하셨다. 단순한 음식일수록 간 맞추는 비법이 숨어 있었다. 음식은 장맛이라고 늘 장 담그기와 장독대 관리에도 정성을 아끼지 않으셨다.

산모는 하루 일곱 번 먹어야 젖이 잘 돈다며 어머니는 새벽 다섯 시부터 상을 들이미셨다. 나는 졸린 눈을 미역국에 빠뜨려야 했다. 반찬도 없이 밥에 미역국, 게다가 하루 일곱 번이라니. 쉽지 않았다. 그래도 질리지 않았던 것은 그 정성 때문이었으리라. 또한, 우리 아이 먹일 양식인데 마다할 이유가 없었다. 우리는 환상의 콤비였다. 어머니는 삼칠일 동안 미역국을 떨어뜨리지 않았고 나는 달게 먹었다.

이제는 그 맛을 어머니 대신 내가 내고 있다. 아무리 흉내낸다 한들 그분만 같으랴! 지나간 날들이 꿈속처럼 아련하기만 하다. 내 앞에서 맛나게 들고 있는 이 어르신이 그날의 그 어머니일까?

내가 한눈파는 사이 어머니는 숟가락으로 드셔야 할 미역국을 젓가락으로 집어 들고 있었다. 국물이 눈물처럼 뚝뚝 식탁에 떨어졌다. 그날의 그 미역국은 어디로 간 것일까? 맛만 돌아오고 시간은 돌아오지 않았다. 어디 가면 찾을 수 있을까? 따뜻했던 그날의 밥상은 기억 속에 정갈하기만 한데.

그 시절 그 총명했던 어머니의 손끝은 어느 안개 속을 헤매고 있을까?

어머니께 "맛있지요?" 여쭈니 "이런 건 처음 먹어봐요. 언니가 한 건 다 맛있어요. 어디서 배우셨어요?" 하신다.

"다 어머니한테 배웠어요. 전에 어머니가 잘하셨던 음식이잖아요. 생각나세요?" 하니 믿을 수 없다는 듯 멀뚱히 나를 바라보셨다.

어머니는 갑자기 엄지손가락을 추켜세우시더니 "언니는 일등 요리사예요. 정말 맛있어요. 어디 가서 이런 음식을 먹어봐요. 정말 최고예요." 하며 남은 미역국을 후루룩 마셔버렸다.

나를 언니라 칭하는 어머니. 어머니는 진심을 이야기하고 있는 걸까? 내가 듣고 싶었던 말을 어쩌면 이렇게 정확히 한꺼번에 쏟아내는 걸까? 텔레파시가 어머니의 머리가 아닌 가슴과 소통한 게 틀림없다. 어머니의 음식에 비하면 초라하기 그지없는 미역국이 아닌가. 하지만 그러면 어떠랴.

"정말이세요? 그 말씀 진심이지요?" 하자 어머니는 "아휴! 그럼요 언니. 나는 거짓말 못해요." 하신다. 역시 누가 뭐래도 어머니와 나는 환상의 콤비다. 우리는 함께 마주 보며 한껏 웃었다.

사람을
쬐다

"정○○ 어르신 어서 오셔요."

데이케어센터(노인이나 영유아를 낮 동안 돌봐주는 일을 하는 기관이나 시설) 복지사가 버선발로 뛰어나와 시어머니를 반갑게 맞았다.

"어머나! 내 이름을 어떻게 아셨어요?"

어머니는 좋아서 어쩔 줄 모르셨다. 이름을 불러준다는 것이 이토록 큰 기쁨일 줄은 미처 몰랐다. 앞뒤 돌아보지도 않고 어머니는 복지사의 손을 꼭 잡고 센터 안으로 성큼 발을 들여놓으셨다.

센터는 집에서 불과 10분 거리에 있었다. 여러 번 망설이다 상담이라도 해볼까 해서 어제 예약하고 들렀는데, 이렇게 좋은 반응을 보이시리라곤 전혀 예상치 못했다. 구에서 운영하는 센터는 장기요양 3~4등급의 노인들이 온다고 했다. 마침 한 자리가 비어 있으니 내일이라도 당장 입소하라고 권했다.

아침 9시, 아파트 현관까지 어머니를 모시러 센터 전용차가 왔다. 그런데 전날 꼭 가시겠다고 했던 어머니는 아침에 마음이 바뀌었다. 목욕을 시키고 새 옷을 갈아입혀 드리는 등 분주하게 준비를 서둘자 긴장했는지 가고 싶지 않다고, 집에 있겠단다. 당황스러웠다. 어찌할 바를 몰랐다. 억지로 가시게 할 수도 없는 일이었다. 그때 출발을 재촉하는 복지사의 전화가 걸려왔다. 순간 어제 환했던 어머니 얼굴이 떠올라 얼른 수화기를 귀에 대 드렸다.

"정○○ 어르신 어서 내려오셔요. 차가 왔어요."

"어머! 알았어요. 빨리 갈게요."

복지사의 상냥한 목소리를 듣자 어머니가 금세 명랑해지

는 게 아닌가. 내게 서두르라고 재촉까지 하셨다.

어머니는 활짝 웃는 복지사를 딸처럼 반기셨다. 이미 차에 타고 있던 노인들이 어머니께 인사를 했다. 다들 손뼉을 치며 노래를 부르고 있었다. 어머니도 금방 따라 하셨다. 멍하니 서 있는 나를 보고 빨리 집에 들어가라며 손을 흔드셨다.

어머니가 떠나자 아침 내내 했던 가슴앓이에 나도 모르게 울음이 터졌다. 그냥 가시겠다고 했으면 얼마나 좋았을까. 마치 가기 싫다는 어린 딸을 온갖 감언이설로 구슬려 억지로 유치원에 보낸 심정이었다. 잔꾀까지 부린 소행에 스스로 괘씸하기까지 했다. 그냥 집에 모시고 있을 걸, 후회가 밀려왔다. 갑자기 불안한 생각이 들어 나는 앞뒤 보지 않고 어머니가 탄 차를 쫓다시피 센터로 향했다.

복지사가 커다란 유리창이 있는 방으로 나를 안내했다. 입소자들의 모습이 한눈에 보였다. 예전에 딸애가 다녔던 유치원에도 이런 방이 있었다. 세월이 흘러 딸의 보호자였던 나는 이제 어머니의 보호자가 되었다. 필경 먼 훗날엔 아들이나 딸이 나의 보호자가 되어 이렇게 서 있을 것이다. 미처 생각지 못했던 미래의 내 모습이 눈앞에 펼쳐지고 있었다.

실내에는 소파와 의자가 둥그렇게 놓여 있다. 차를 타고 속

속 도착한 어르신들이 그곳에 앉았다. 나름 앉고 싶은 자리가 있어 가끔 다툼이 일어나기도 한단다. 휠체어에 앉아 있는 분들 사이에 50대로 보이는 치매 환자가 있었다. 안타까운 마음이 들었다. 말로만 듣던 조기 치매가 실제로 우리 주변에 있었다.

〈나비야〉, 〈퐁당퐁당〉 노래와 함께 아침 체조가 시작됐다. 이어서 오늘이 몇 월 며칠, 무슨 요일인지 소리 높여 따라들 한다. 처음 오셨다고 어머니를 소개하자 모두 박수를 쳤다. 어머니께 인사 말씀을 권하자 "처음 만나서 반갑습니다. 같이 재미있게 지냅시다!" 하시는 게 아닌가. 나도 모르게 어깨가 으쓱해졌다. 어머니의 치매 증세가 완화될 것 같은 기대감마저 들었다. 노래도 잘 따라 부르시고, 실 꿰기도 잘하고, 스케치북에 여러 가지 색깔로 그림도 그리셨다.

복지사와 요양사들이 정성껏 입소자들을 돌보고 있었다. 점심 수발과 양치질, 화장실 뒷수발까지 빈틈없이 거의 일대일로 도와주었다. 봉사 나온 대학생들도 차분하게 한 몫을 거들었다. 젊음도 전염이 되는지 노인들의 표정이 한층 밝아 보였다. 역시 외로움에는 사람만 한 난로가 없었다. 마음이 추울 때는 사람을 쬐어야 한다는 말이 새삼 떠올랐다.

그날은 웃음치료가 있는 날이었다. 선생님께서 재미있는 이야기를 하며 크게 웃으면 모두 따라서 깔깔 웃었다. 집에선 볼 수 없었던 어머니의 환한 웃음이 오히려 마음을 아프게 했다. 옆에 앉아 계시는 분과 이야기도 잘하고 아주 즐거워하신다. 말벗이 얼마나 그리우셨으면 저러실까……

이름을 불러드리면 그렇게 좋아하시는데 혹시 자존감을 헤아려드리지 못한 건 아닌지. 언젠가 모 일간지에서 '치매 환자의 자존감'에 대해 쓴 기사를 읽고 번쩍 정신 들었었다. 새로운 환경에 빨리 적응하시는 걸 보니 그동안 방치했구나 싶어 죄송한 생각도 들었다.

오후 5시에 마중을 나갔다. 다가서는 내게 어머니는 "언니, 어떻게 알고 나오셨어요? 고마워요. 바쁘신데 어쩌면 좋아!" 하며 내 손을 꼭 잡으신다. 나를 올케언니로 인지하고 있는 어머니는 내내 '미안해요'를 반복하신다. 정작 미안한 사람은 나인데……

"어머니 내일 또 가실 거지요?" 곁부축을 해드리며 물으니 "아니야 이제 다시는 안 갈 거예요. 집에 할 일이 얼마나 많은데 나만 놀러 다녀요. 언니한테 정말 고맙고 미안해요."

어머니의 뒷소리에 물기가 배어 있다. 한평생 일에만 묶여

산 당신! 망백(望百)의 아련한 정신에도 일 걱정을 놓지 못하는 가여운 우리 어머니! 나는 그만 가슴이 차올라 가만히 안아드렸다.

내일 아침에도 어머니는 오늘처럼 센터에 가지 않으려 또 귀여운 투정을 부릴 것이다. 하지만 나는 크게 걱정하지 않는다. 당신 이름을 불러드리면 금세 마음이 바뀌어 얼굴 가득 환하게 꽃을 피우실 게 분명하니까.

눈을 뜨고
꾸는 꿈

"언니! 어떻게 알고 나왔수. 아휴! 바쁘실 텐데 너무, 너무 미안해요. 언니, 이렇게 마중 나와 줘서 정말, 정말 고마워요."

오후 5시, 데이케어센터에서 돌아온 시어머니가 내 손을 꼭 잡고 하는 말씀이시다. 나는 날마다 이렇게 어머니와 상봉을 한다.

내겐 되풀이되는 일상이 어머니에겐 언제나 '처음'이다. 어머니의 시곗바늘은 늘 현재다. 과거는 이미 그 빛을 잃은 지 오래다. 현재에 충실한 삶. 우리가 늘 추구해왔던 그 명제 속에 어머니가 계시다. 알츠하이머를 앓고 있는 어머니의 세계는 그래서 또 다른 차원의 세상이 아닐까 하는 의구심이 가끔 일어나기도 한다.

어머니는 나의 남편을 당신의 오빠로 알고 있다. 따라서 나는 당연히 올케언니가 되었고 호칭도 며느리에서 언니로 바뀌었다. 당신 손으로 키운 손주들마저 조카라고 부른다. 아무리 고쳐드리려 해도 요지부동, 도리 없이 우리는 모두 어머니의 친정 식구가 되었다. 1948년 월남한 뒤 단 한 번도 갈 수 없었던 고향, 어쩌면 어머니는 그리워 눈물짓던 그곳에 지금에야 비로소 안착했는지도 모른다.

어머니의 겉옷을 옷걸이에 거는데 주머니가 불룩했다. 꺼내보니 종이접기 시간에 접은 작품, 일명 공주거울이었다. 분명 어제, 같은 것을 가져와 "이거 언니 가져요." 하며 내 손에 쥐여주었는데 웬일일까? 하루 사이에 또 하나 만들었을 리 없고, 예쁘다고 한 칭찬이 갑자기 생각나 다른 어르신 몫을 가져온 건 아닐까?

난감해하며 여쭤보니 거두절미하고 "언니! 이거 가져요. 내가 가지고 있으면 뭐해요. 내겐 아무 소용없어요. 언니가 주머니에 넣고 다니다 화장할 때마다 보면 얼마나 좋아요. 내 것은 누구 주지 말고 언니가 다 가져요"라는 말만 되풀이하셨다. 걱정되어 데이케어센터로 전화를 했다. 다행히 종이접기 선생님이 놓고 간 샘플이란다. 올케언니 준다며 달라고 부탁, 부탁하시기에 복지사가 챙겨 드렸단다.

순간 왈칵 눈물이 쏟아졌다. 아휴, 우리 어머니 정말 못 말리겠다. 내가 어린 나이에 시집와 멋도 부릴 줄 모른다고 늘 걱정이더니 결국 그 마음을 연거푸 전하고 계셨다. 기억을 잃은 어머니가 오히려 역으로 내 기억을 자꾸만 불러내고 계시니 이 무슨 아이러니인가. 도대체 어머니가 바라보고 있는 나는 누구일까?

일주일에 한두 번씩 데이케어센터에서 만들어오는 작품은 그 종류도 다양했다. 동물 모양을 접어 넣은 달력이 시작이었다. 항상 싱싱해 보이는, 비누로 만든 장미꽃 바구니와 마른 꽃을 넣은 향주머니는 주무시는 머리맡을 지키고 있다. 숯을 넣고 만든 화분이 공기를 맑게 하는지 어머니의 컨디션은 늘 맑음이다. 어버이날이 들어 있는 5월엔 카네이션으로 만든 화환과 바구니로 집 안이 환했었다. 집에서 기르는 애완토끼의 습격으로 대머리가 되어버린 잔디 인형, 증손자들의 표적이 됐던 사탕부케는 그 잔해만 남아 있다. 어머니는 그런 것들을 가져오면 늘 "이거 언니 가져요." 하며 내게 내밀곤 했다.

시장 갈 때 꼭 들고 가라고 강권하는 종이가방도 두 개나 된다. 기다란 목걸이와 깜찍한 팔찌를 만들어왔기에 얼른 당신 몸에 치장해 드렸더니 극구 사양하며 나더러 멋지게 하고 다니라 하셨다. 이 장신구들은 함께 만든 보석함에 담겨 문갑 가운데를 의기양양 차지하고 있다. 당신 방 문에는 어머니의 함자가 크게 적혀 있다. 그러니까 어머니 방은 개인 전시장이기도 하다.

어머니는 솜씨가 좋아 집 안의 웬만한 소품들은 직접 만들곤 했다. 치매가 온 후에도 재봉틀로 옷을 만들던 손, 그 야무진 손끝으로 어머니는 이렇게 멈춤 없이 작품을 만들어내고 계시다. 어머니의 선물은 매주 점점 더 쌓일 것이다. 이것들은 몽땅 내 것이다. 나는 어머님이 지정한 유일한 상속자다. 더는 무엇을 바라겠는가!

어머니는 월요일부터 금요일까지 데이케어센터에 출근(?)하신다. 어머니는 그곳에서 일하고 월급을 받는 줄 알고 있다. 어머니가 하는 일 중 가장 중요한 일은 콩과 팥을 분리하여 바구니에 담는 일이다. 무슨 영문인지는 모르겠지만 이는 국가를 돕는 일이라고 굳게 믿고 계신다. 매일 아침 어머니를 모시러 데이케어센터 차가 오면 어머니는 손을 흔들며 "내가 가서 돈 많이 벌어다 언니 다 줄게요. 나는 이 세상에서 언니가 제일 좋아요. 언니만 믿고 살아요. 언니, 집에 혼자 있지 말고 나가서 볼일 보고 오세요." 하며 활기차게 집을 나선다. 이보다 확실한 팬은 없을 것이다. 어머니는 나의 광팬으로 팬클럽 왕회장이시다!

어머니와 나는 참으로 오래 함께 살고 있다. 30여 년을 훌쩍 넘겼으니 친정엄마 품에서 보낸 시간보다 더 긴 세월을 함께하고 있는 셈이다. 이제는 어머니의 눈빛만으로도 그 마음을 읽을 수 있다.

어머니는 처녀 시절 이야기나 당신 시집살이의 감춰진 이야기, 은밀한 비밀 이야기도 서슴없이 내게 털어놓았다. 어머니는 기억 중에 어렵고 힘들었던 일부터 잊어버렸다. 그것이 어머니를 긍정의 세계로 안내하고 있는 듯하다. 과거와 미래의 걱정이 사라진 현재 속에서 어머니는 어쩌면 일생 중 가장 평안한 시간을 보내고 계신지도 모른다.

그분이라면
생각해볼게요

그렇다면 기억을 잃어버리고 아니고는 기실 아무것도 아니지 않을까 하는 생각이 드는 때도 있다. 아무리 슬픈 이야기를 해도 금방 잊어버리는 것, 그것은 어쩌면 일종의 축복이지 않을까?

어머니는 가진 것이 아무것도 없으시다. 옷가지마저 단출하다. 아낌없이 다 내어주고 빈 둥지로 계신다. 아니다. 어쩌면 어머니는 기억이 왕성했을 때보다 더 많은 것을 채우는 중인지도 모른다. 원초적인 평화가 천진한 웃음을 타고 샘물처럼 고이는 소리가 은은하게 들리는 듯하다.

눈을 감고 꾸는 것이 꿈이라면 눈을 뜨고 꾸는 꿈이 치매라 했다. 마치 꿈을 꾸는 듯한 눈빛 너머 어머니는 오늘 또 어떤 꿈을 꾸고 계실까.

새로운 삶을
도와주는 집

"그럼 시어머니를 고려장 시킨 셈이네!"

어머니를 요양원에 모셨다는 내 말이 끝나기가 무섭게 한 친구가 다짜고짜 이렇게 말했다. 같이 점심을 먹고 있던 나는 하마터면 숟가락을 떨어뜨릴 뻔했다. 그렇지 않아도 어머니를 요양원에 모신 뒤 가시방석에 앉은 듯 마음이 편치 않던 차에 그녀의 말은 비수처럼 내 가슴을 파고들었다.

문득 지난 일들이 주마등처럼 스쳐 지나갔다. 간단없이 배회하는 어머니를 따라다니느라 밤을 하얗게 지샌 날들, 끊임없이 반복해대는 말씀에 응하느라 인내심의 한계를 느꼈던 시간들, 어머니가 숨겨 놓은 물건을 찾으려고 온 집 안을 이 잡듯 뒤졌던 일들, 여기저기 묻혀 놓은 용변에 망연자실했던 순간들⋯⋯. 한동안 나는 시간의 늪에서 허우적거렸다.

'요양원에 모시면 빨리 돌아가신다, 치매가 더 악화된다, 요양사들이 학대한다' 등 별별 소문이 난무하던 때라서 요양원 입소는 감히 엄두도 못 냈었다. 대신 집에서 어머니를 모시려면 간병교육을 제대로 받아야겠다는 생각에 요양사 교육원을 찾았다. 그때 실습 나간 곳이 바로 지금 어머니가 계신 요양원이었다.

노인요양센터는 한 층에 30여 명씩 증상별로 나뉘어 있었다. 100여 명이 함께 생활하는 꽤 큰 규모였다. 시설은 청결했고 그래서인지 환자 특유의 불쾌한 냄새도 없었다.

첫째 실습과제는 각 방의 화장실 청소였다. 낙상 방지를 위해 걸레로 바닥의 물기까지 말끔히 제거했다. 다음은 환자들의 상태에 따라 운동을 시키고 휠체어를 밀어드렸다. 웃음치료 등 각종 수업이 진행될 때는 옆에서 거들었다. 손톱, 발톱을 깎아드리고 책도 읽어드렸다. 세 끼 식사 수발에 간식까지 챙기다 보면 하루해가 빠듯했다. 경증(輕症)의 입소자들은 당신들이 반찬으로 드실 나물을 다듬고 빨래도 개키며 TV 시청도 했다. 언뜻 보기에는 여느 노인들과 다르지 않았다. 어머니를 좀 더 잘 모셔야겠다는 일념으로 열심히 실습을 했다.

　어머니의 병세는 하루가 다르게 깊어져 갔다. 가족조차 못 알아보셨다. 아침에 어머니 방문을 열어보면 옷이란 옷은 다 껴입고 눈사람처럼 앉아 계셨다. 또 이상한 충동에 사로잡혀 눈에 띄는 것은 무엇이든 잘라내고 싶어 하셨다. 할 수 없이 가위, 칼 등 끝이 뾰족한 물건은 모두 감춰야 했다. 잠시도 어머니에게서 눈을 뗄 수가 없었다. 그 때문에 식구들이 긴장감에 떨었다. 결국 집에 모시는 게 더 위험하다는 결론에 이르렀다. 끝까지 모시겠다는 일념은 무너졌다.

　간단한 어머니 소지품을 가방에 챙기고 거실에 나와보니 어머니는 우두커니 소파에 홀로 앉아 계셨다. 그 처연한 모습에 울컥 속울음이 올라왔다. 건강할 때는 손녀딸 귀가시간 기다리는 걸 낙으로 사셨다. 이제 그 곡진한 손녀 사랑은 간데없고 황폐해진 영혼에 시달리고 계셨다. 나는 어머니의 작은 어깨를 가만히 안아드렸다.

친구들과 헤어진 후 착잡한 마음에 어머니가 계신 요양센터로 무거운 발걸음을 옮겼다. 센터에 들어서니 쿵짝 쿵짝 흥겨운 음악 소리가 한창이었다. 나는 얼떨결에 초대 손님이 되었다. 생일을 맞이한 어르신들은 고깔모자를 쓰고 곱게 치장하고 계셨다. 생일상에 놓인 케이크의 촛불을 경쟁하듯 힘껏 불어 끄는 노인들의 신수가 훤해 보였다.

각층 입소자들의 축하공연이 이어졌다. 3층 대표로 나선 어머니의 트로트 메들리는 조금도 녹슬지 않아 보였다. 노래 끝에 짠짠! 하는 마무리까지 그대로이다. 순간 여기저기서 환호의 박수가 터졌다. 어머니는 단상을 내려와서도 여흥이 가라앉지 않는지 박자에 맞춰 연신 손뼉을 치신다. 집에 계실 때보다 혈색도 좋아지고 증상도 완화되신 것 같아 마음이 놓였다. 물가에 내놓은 어린아이처럼 늘 불안했는데 기우였다. 완전히 달라진 어머니가 거기 계셨다.

장기요양보험 혜택을 받는 독거(獨居) 치매 환자만을 따로 모신 층도 있었다. 그분들은 목소리부터 예사롭지 않았다. 무대 위에 올라 덩실덩실 춤추며 노래하는 폼이 여간 아니었다. 마치 당신들이 이 집 주인인 것처럼 의연해 보였다. 그러니까 어머니처럼 가족 곁을 떠나온 게 아니라 이곳에 와서야 안식을 찾은 분들이었다.

어머니가 경증환자일 때는 집에서 모셨다. 그러다 24시간 돌보기가 너무 버거워 낮에는 데이케어센터에 모시기도 했다. 점점 증상이 나빠져서 가족들이 지칠 대로 지치다 보니 환자의 자존감을 지켜드리는 게 쉽지 않았다. 겪어보지 않고는 그 고통을 모른다. 치매는 장기전이다. 가족도 숨을 쉬어야 한다.

요양원을 '현대판 고려장' 운운하는 것은 지나친 편견일 뿐이다. 어머니를 그곳에 모시고 자주 드나들다 보니 그동안 내가 몰랐던 부분을 깨달았다. 그곳에서는 환자들의 눈높이에 맞춰 새로운 삶을 펼칠 수 있도록 도와주고 있었다. 그들이 편안히 쉴 수 있는 새로운 집이라고 감히 말하고 싶다.

해피타임

"시어머니는 요즘 어떻게 지내고 계셔?"

친구들이 물으면 나는 늘 "어머니는 해피타임!"이라고 대답한다.

요양원에 입소하신 어머니께 말벗이 생겼다. 두 분은 서로를 챙기고 알아보신다. 손을 맞잡고 온종일 떨어질 줄 모른다. 주무실 때만 각방으로 헤어진다. 함께 계시면 밤새도록

이야기하기에 일부러 떨어뜨려 놓은 것이다. 요양사들도 찰떡궁합이라며 신기해한다.

잠시 각자의 방에 있는 화장실을 다녀온 뒤, 한 분이 "처음 뵙겠습니다." 공손히 인사를 하면 "아이고 저도요, 그런데 어데 사시나요?" 하며 만날 때마다 매번 처음 보는 양 인사를 나눈다.

내가 면회 갈 때마다 어머니는 그 친구 분에게 "언니는 이런 며느리 있나?" 으쓱해하신다. 그러면 그분은 "아이고, 아이다. 내는 없다. 며느리가 다 왔네. 고맙고러." 하며 덥석 내 손을 잡으신다.

"우리 며느리 예쁘지?"

"에고, 또 자랑이다, 자랑이야!"

"그래 자랑이다, 자랑할 만하니까 하지?"

서로의 어깨를 툭툭 치며 박장대소한다. 덩달아 기분 좋아진 내가 "앵두나무 우물가에 동네 처녀 바람났네~." 노래를 시작하면 두 분 역시 하던 이야기를 멈추고 손뼉 치며 노래를 따라 하신다. 한 번 이렇게 시작한 노래는 메들리로 이어져 때 아닌 노래 공연이 한동안 지속된다.

어떻게나 기억력이 좋은지 젊은 나도 더듬거리는 가사를 한

자도 틀리지 않고 읊으신다. 〈노들강변〉에서 놀던 두 분은 갑자기 〈소양강 처녀〉가 되어 얼굴을 붉히더니, 어느새 〈섬마을 선생님〉을 그리워하고 계신다. 박자에 맞춰 어깨춤을 추다 흥에 겨우면 자리에서 벌떡 일어나 본격적으로 덩실덩실 춤을 춘다. 그 작은 체구 속에 얼마나 많은 신명이 들어 있는 걸까. 집에서는 상상도 할 수 없었던 일이다.

요양원에선 한 달에 두 번 이상 공개 행사를 연다. 어머니와 단짝 어르신은 3층에 입소하신 분들을 대표해 단골로 무대에 섰다. 분을 바르고 연지 곤지를 찍고, 예쁜 머리띠나 꽃핀을 꽂고, 빨간 스카프를 맨 그 모습이 어찌나 고운지 내 눈이 다 황홀해질 지경이다. 아담한 키에 고운 할머니 두 분이 손을 맞잡고 노래를 시작하면, 천생연분이 따로 없다.

요양원은 시설이 잘되어 있어 늘 쾌적하다. 어머니도 이런 환경이 마음에 드는가 보다. 수심이 사라진 어머니 얼굴은 밝고 환하다. 그래서인지 어머니의 노랫소리도 경쾌하게 들린다.

식사도 정갈하다. 잡곡밥에 따뜻한 국, 고기를 비롯한 반찬 다섯 가지. 어머니는 밥상을 받을 때마다 소풍 나온 아이처럼 들떠서 "맛있네!"라는 말을 반복하신다. 다른 어르신들께도 먹을 것을 자꾸 권하고 챙기신다. "여기가 참 좋아." 하시는 어머니는 죄송한 내 마음을 알고 계시는 걸까.

　요양원에서는 더운물로 목욕을 시키고, 머리도 다듬어드린다. 물리치료도 매일 해준다. 손톱 발톱도 짧게 깎아주고, 옷도 깨끗이 빨아 갈아입힌다. 화색이 도는 어머니 피부에 잔잔한 주름이 물결을 이루고 있다.

　어머니는 더러 내게 "왜 이제 오셨어요? 언니. 내가 얼마나 보고 싶었는데." 하며 눈시울을 붉히고 아이처럼 슬피 우신다. 당황한 내가 어쩔 줄 모르다 따라 울면 옆에 계신 할머니도 느닷없이 울음을 터뜨린다. 그러면 어머니는 금세 당신이 언제 그랬느냐는 듯 말끔하게 울음을 지우고 해맑은 얼굴로 노래를 부르신다. 울다가 웃는 일이 다반사인 곳, 그곳에 어머니가 계신다.

　"어머니, 집에 가실래요?" 목이 메어 물으면 "아니야." 손사래를 치신다. 그곳이 당신 집이라며 "이 좋은 집을 두고 어딜 가요." 하신다. 나를 울리고 웃기는 재주로는 어머니를 따를 자가 없다.

　구순이 넘은 연세에 상복이 터지신 어머니는 요양원 행사가 있을 때마다 상장을 받았다. 가족 노래자랑에서 '은상'

을 받으시더니, 어버이날엔 '행복한 가족상'을 받으셨다. 어머니 덕분에 팔자에 없는 상을 받기도 여러 번, 가문의 영광이 따로 없다. 지난 노인의 날에는 '고운 마음상'을 받으셨다.

"위 어르신은 본 센터에서 함께 생활하는 어르신 및 직원들에게 칭찬과 격려로 밝은 분위기를 조성하여 타 어르신에게 모범을 보였기에 상장을 수여합니다."

어머니는 이곳의 행복 전도사이다. 당신 본인뿐만 아니라 주변을 행복타임으로 물들이고 계신다.

집에 계실 때 어머니는 늘 우울해하셨다. 소파에 앉아 초점 없는 눈으로 텔레비전 화면을 응시하며 하루를 보내곤 했다. 어머니는 특별한 이유 없이 울기도 많이 우셨다. 그런 어머니 때문에 외출은 언감생심 꿈도 못 꾸는 나날이 계속되었다. 정말 숨이 막힐 것 같았다. 그런 생각이 드는 날이면 창밖태양은 속절없이 더 환하게 느껴졌다.

오늘도 요양원의 어머니는 함박웃음으로 나를 맞이하신다. 행복이란 이런 것일까. 어머니가 웃으면 나도 모르게 따라 웃게 된다. 속 모르는 사람들은 요양원을 현대판 고려장이라고

한다. 이는 치매 환자를 겪어보지 않은 사람들의 편견이기도
하다. 하지만 이런 말을 들을 때마다 나는 까닭 없이 죄의식
에 빠지곤 한다. 그런 이유로 어머니를 요양원에 입소시킨
후 참 많이 울기도 했다. 하루도 다리를 펴고 잔 날이 없었다.
　그러나 이제 어머니를 만나고 오는 날 나는 울다가 웃다
가 한다. 어느새 나도 어머니를 닮아간다. 그래, 나도, 해피
타임이다!

그분이라면
생각해볼게요

어머니의
공책

시어머니께서 쓰시던 문갑을 열었다.

작동을 멈춘 트랜지스터 라디오, 금가락지와 시계를 담은 함, 태극 문양이 들어간 부채, 늘 손에서 놓지 않으셨던 염주 등속이 눈에 띄었다. 한옆으로는 누렇게 변색된 50여 권의 공책이 차곡차곡 쌓여 있었다. 그중 한 권을 펼쳐 들었다.

'관세음보살'

첫 장부터 마지막 장까지 오로지 이 한 단어가 공책을 다 채우고 있었다. 다른 공책들도 사정은 마찬가지였다. 곱은 손가락에 볼펜을 쥐고 글자를 옮기며 '관세음보살'을 암송하시던 어머니의 모습이 눈앞에 선하게 그려졌다.

"어머니, 왜 '관세음보살'만 쓰셔요?"

지켜만 보던 어느 날 내가 궁금증을 참지 못하고 여쭈었다.

"관세음보살님은 부처님 가까이에 계신 분이야. 내 정성을 아신다면 제일 먼저 내 기도를 전해주시겠지?"

마치 내게 동의를 구하는 듯 간절한 표정이 되셨다.

"무슨 소원을 그렇게 빌고 계셔요?"

"내게 무슨 큰 소원이 있겠니. 우리 자식들 다 잘되라는 기도지. 내가 바라는 건 그것 한 가지야."

그 정성이 지극하다 못해 애절하게 느껴졌다. 나는 "어머니를 위한 기도도 함께하셔요." 하고 싶었지만 나를 바라보는 어머니의 눈동자를 보는 순간 할 말을 잃고 말았다.

치매를 앓고 계신 어머니는 그 일을 기억이나 하고 계실까? 나는 공책을 가방에 넣고 어머니가 계신 요양원으로 향했다.

어머니께 공책의 첫 장을 조심스럽게 펼쳐드렸다. 손으로 꼭꼭 짚어가며 당신이 쓴 글자를 한 자 한 자 확인하셨다. 그러고는 "관세음보살?" 하며 내 눈치를 보셨다. 어느새 합장을 하고 옛날처럼 가락을 붙여 읊기 시작했다. 기억이 돌아오셨나? 혼자 기꺼워하고 있는데 웬걸!

"누군지 글씨 한 번 참 잘 썼네. 고마워요. 덕분에 잘 읽었어요."

혹시나 하는 나의 기대를 한순간에 무너뜨린다.

"어머니께서 쓰신 거 아니에요?"

"내가요? 아니에요. 나는 몰라요. 생각이 안 나요."

절절했던 기도도 애끓던 마음도 기억 저편으로 사라져버렸다.

"어머니가 손수 쓰신 거니 잘 가지고 계셔요."

"아휴, 이걸 내가 가져서 뭘 해요. 언니 가져요. 난 필요한 게 아무것도 없어요"라며 공책을 내 손에 쥐여주셨다.

"이렇게 귀한 걸 절 주셔요? 제가 누군데요?"

"누구긴 누구야. 우리 최고 언니지." 어머니는 엄지손가락을 추켜들었다.

참으로 이상한 일이다. 어머니는 치매가 진행될수록 존댓말을 쓰신다. 일반 치매 환자의 경우 대화 상대에게 말을 높이는 경우가 많지 않다. 오죽하면 서울대학교병원 치매 연구

프로젝트에 선정되셨을까. 말씀도 어찌나 조리 있게 잘하시는지 사정을 모르는 요양원 직원들은 이런 어머니를 보고 치매가 아닐 거라며 수군대곤 했단다. 그런 연유로 나는 못된 며느리라는 오해를 살 때도 있었다.

"자식들 보고 싶지 않으셔요? 다들 오라고 할까요?"

어머니는 손사래를 치신다.

"아휴 이렇게 잊지 않고 와주면 돼요. 바쁜데 어서 가서 일 보셔요."

당신 마음 한편에 자식들이 남아 있기나 한 걸까? 어머니는 이제 우리를 잊고 사신다. 아직 대화를 나눌 수 있다는 것만도 다행이라고 여기며 서운함을 애써 가라앉힌다.

"어디 아프신 데는 없으셔요?"

밤사이 더 부어오른 다리를 주물러드리며 물었다.

"나는 아픈 데라곤 없어요."

퉁퉁 부은 다리를 내보이면서도 천연덕스럽게 거짓말을 하신다. 환부에 대한 자각 증세마저 잊으신 걸까? 통증과 무통은 무시로 어머니의 육신을 드나들고 있었다. 아프다고 괴로워하다가도 언제 그랬냐는 듯이 시치미를 떼는 걸 보면 꼭 어린아이가 잘못을 저질러 놓고 오리발 내미는 것 같다.

"이 다리, 안 아프세요?"

"아휴, 안 아파요. 아프면 내가 가만있겠어요? 근데 진짜 안 아파."

지금은 태연자약하시지만, 병치레가 잦았던 어머니였다. 병에 대한 정신적인 스트레스가 혹시 병을 더 키우는 것은 아닐까 하는 의구심마저 든다.

"어머니는 연세가 얼마나 되셨어요?"

"나요? 글쎄 아직 어리니까 한, 스무 살?"

슬쩍 내 눈치를 보신다. 나를 언니라 부르는 이유를 알 것도 같다.

"어머니 성함이 뭐예요?"

어머니는 자식들 이름을 두서없이 부르기 시작한다. 은근 당신의 이름이 그 안에 끼어 있어 내가 확인해주길 바라는 것 같았다. 이젠 당신의 이름마저 가물거리시나 보다. 기억이 마치 봄 햇살을 만난 얼음 조각처럼 시나브로 잦아들고 있다.

"아버님은 어디 계셔요?"

"응? 내 신랑? 이제 저녁 드시러 들어올 거예요."하며 활짝 웃으신다. 우리의 대화는 이렇게 겉돌고 있다. 하지만 곁에서 얘기를 나누는 것만으로도 아이처럼 즐거운 어머니는 늘 해맑게 웃고 계신다.

아침마다 '관세음보살'을 옮겨 적으며 자식들의 미래를 간절히 갈구했던 어머니.

관세음보살은 중생의 고통을 소리로 듣고 구원해주는 보살이라고 한다. 지성이면 감천이라는 말이 있듯이 세상에 부처님이 존재한다면 어머니의 기도를 들어주시리라 나는 확신하고 싶다. 고뇌가 빠져나간 무구하고도 천진한 어머니의 얼굴이 내게는 부처의 얼굴로만 보인다. 고통을 벗는 게 해탈이라면 어머니는 이미 그 경지에 계신 게 아닌가 하는 생각마저 든다.

나도 어머니처럼 읊조려본다.

"관세음보살!"

소양강 처녀

"제가 누구예요?"

"언니, 언니 맞지요?"

"저는 유병숙인데요."

"어? 유병숙이면 우리 며느린데, 우리 유병숙이를 아시오?"

어머니는 용케도 내 이름을 잊지 않고 계신다.

"어머니 제가 유병숙이에요."

"아휴, 아닌데. 우리 유병숙이는 아주 어리고 예뻐요. 누구요, 언니는?"

어머니는 나를 유심히 바라보시더니 어리둥절해하신다.

"제가 둘째 며느리 유병숙이에요. 잘 보셔요."

"어머, 언니가 우리 며느리 유병숙이요? 너무 예뻐져서 길 가다 만나면 못 알아보겠네."

내가 서운해할까 봐 얼른 말을 바꾸시는 어머니. 고우신 심성은 여전하시다.

"우리 며느리 참 사람 좋아요. 우린 참 친하게 지냈어요. 나한테 참 잘했지요. 함께 살아 정도 많이 들었어요."

어머니는 며느리 유병숙이를 참 좋아하셨나 보다! 나를 보면 늘 칭찬을 쏟아내신다. 하긴 치매를 앓기 전에도 며느리 사랑만은 유별나셔서 하는 짓이 영 성에 차지 않아도 흉보는 일 만은 삼가셨다.

함께한 적지 않은 세월, 그동안 쌓인 미운 정, 고운 정이 왜 없었겠는가. 어머니는 그런 내 속마음을 훤히 들여다보고 있는 듯, 당신의 며느리가 듣고 싶은 이야기만 한결같이 하고 계시다.

"아휴, 며느리가 뭐 그렇게 마음에 드세요. 별로 잘하는 것 같지도 않은데. 며느리한테 불만 없으셨어요?"

멋쩍어진 내가 슬쩍 물었다.

"아니에요. 정말 불만 없어요. 잘하고 있는데 일부러 불만을 지어 말할 필요가 있겠어요. 그런 말은 아예 하지 말아요. 감싸고 잘한다, 잘한다 해야지 더 잘하고 싶은 거지, 나무라면 하던 짓도 안 하는 법이거든요. 너 왜 그러니 하면 안 해요. 이거 해라 저거 해라 자꾸 보채면 좋아할 사람이 어디 있겠어요. 솔선수범하면 따라 하게 돼 있어요."

어머니의 거침없는 말씀에 매료된 요양원의 요양사들이 하던 일을 멈추고 어머니 곁에 몰려와 귀를 크게 열어 놓는다.

한 요양사가 "며느리에게 맛있는 것 좀 해 오라 하셔요"라며 눈을 찡긋하자 "아휴, 그럴 필요 없어요. 우리 며느리는 말 안 해도 다 해 와요. 이 며느리를 믿고 있거든." 하신다.

둘러서 있던 요양사들이 "아휴, 우리 정○○ 어르신 최고! 어르신은 우리 비타민이에요!" 하면서 어머니를 '꼬옥' 안아 준다.

"해 저문 소양강에 황혼이 지면~ 외로운 갈대밭에 슬피 우는 두견새야~ 열여덟 딸기 같은 어린 내 순정 너마저 몰라주면 나는 나는 어쩌나~."

　요양원에 입소하신 후 레퍼토리가 된 〈소양강 처녀〉를 어머니는 오늘도 어김없이 들려주신다. 정확한 가사에 간드러진 노래 솜씨. 우리 어머니 맞는가 싶다. 전에 어머니는 말수도 적었고, 속내를 좀체 드러내지 않으셨다. 그러던 분이 이렇게 남의 눈에 아랑곳하지 않고 절절하고도 구성지게 당신의 감정을 표현하고 계시다니! 아무려면 어떤가. 지금 내겐 어머니의 환한 모습이 미상불 보기에 좋다.

　열 손가락이 다 굽도록 굴곡 많았던 어머니의 삶을 이제 치매가 잠식하고 있다. 요철 심한 생을 살아오면서도 타고난 낙천적 기질과 재치로 주변을 환하게 꾸미셨던 어머니. 나는 그런 어머니가 늘 경이로웠다.

　치매는 지켜보는 가족에게 안타까움과 괴로움을 줄지언정 당사자에게는 다행한 일인지도 모른다. 기억을 잃은 대신 어머니는 순수의 시대를 살고 계시다. 일상의 억압과 상처에서 벗어나 자신만의 낙원 속에서 평안과 안식을 누리고 있는 어머니. 나는 그런 어머니가 세상 물정 모르는 어린 딸처럼 귀엽게까지 보이려 한다.

〈소양강 처녀〉를 부르고 계신 어머니는 지금 열여덟 순정을 살고 계신 건 아닐까? 내 손을 꼭 잡은 어머니의 얼굴에 꽃물이 피어오른다.

붉게 물든 황혼이 황금빛 가루가 되어 어머니가 계신 요양센터 지붕 위에 난분분 내려앉고 있었다.

어머니의 고향은
금강산

"언니, 왜 이제야 오셨어요? 내가 얼마나 보고 싶었는데!"

나를 보자마자 시어머니는 울음을 터뜨렸다.

"몰래 숨어서 얼마나 많이 울었는지 몰라요. 나, 이제 언니
랑 같이 살아요?"

TV가 요양원 거실에서 왕왕 대고 있었다. 남북 이산가족
이 서로 부둥켜안고 우는 모습이 화면에 가득했다. 어머니의

기억이 되살아난 걸까? 어머니는 흐르는 눈물을 연신 손바닥으로 닦으며 어린아이처럼 훌쩍이셨다.

어머니 고향은 강원도 고성이다. 금강산에서 30리 떨어진 곳이라 했다.

11남매의 다섯째인 어머니를 외조부님은 늘 등에 업고 다니며 귀여워하셨단다. 1948년 시어머니는 서울에 정착하신 시아버지를 찾아, 시할머니와 함께 어린 자식들을 업고 38선을 넘으셨다. 한국전쟁 발발 당시 남으로 내려오려던 외조부모님은 막내아들이 의용군에 끌려가자 애가 타서 그예 눌러앉으셨다. 어머니의 친정 식구는 그렇게 휴전선 북쪽에 남게 되었다.

1983년 6월 30일부터 138일 동안이나 방영된 이산가족 찾기 특별 생방송 〈누가 이 사람을 아시나요〉라는 프로그램이 진행될 때였다. 한밤중에 수런거리는 소리에 잠이 깨어 마루로 나서니 안방에서 파르스름한 불빛이 새어 나왔다. TV 앞에 어머니가 앉아 계셨다. 다음 날 아침 밥상을 받는 어머니의 눈이 퉁퉁 부어 있었다. 입안이 모래알 씹은 듯 깔깔하다고 하셨다. 어머니는 넋을 놓고 TV에 매달리셨다.

하루는 어머니와 단둘이 목을 빼고 앉아 그 프로그램을 시청했다. 갑자기 어머니가 눈시울을 붉히시더니 이렇게 말씀하셨다.

"서울로 월남한 후 어머니, 아버지 얼굴 한 번 못 보았어. 내 곁에 오빠가 있나, 언니가 있나, 동생도 없고, 혈혈단신 나 혼자야."

어머니는 천애 고아가 된 듯 서럽게 우셨다. 하늘같이 높아만 보였던 어머니가 처음으로 측은하게 느껴졌다. 혹시나 했던 TV를 통한 가족 상봉도 속절없이 끝이 나고 말았다.

남북 이산가족 상봉이 한창 이루어질 당시 어머니께도 기회가 왔다. 대한적십자사에 신청했더니 한 달 만에 연락이 왔다. 그때 어머니 연세가 팔순이었다.

신체검사를 받기 위해 적십자사로 갔다. 어머니는 흥분해서 뺨이 볼그레해지셨고 그래서인지 평소보다 혈압이 높게 나왔다. 그래도 다행히 합격통지를 받았다. 어머니의 부모, 형제, 자매 그도 여의치 않으면 조카까지 연고자를 찾아 연락을 주겠다고 했다.

"누가 제일 보고 싶으셔요?"

"그야 물론 어머니하고 아부지지!"

"이미 춘추 100세가 넘으셨을 텐데 살아계실까요?"

"아니야, 살아계실지도 몰라."

받아들이기 쉽지 않으신 듯했다.

"혹시 그렇다면 둘째 언니를 꼭 만나고 싶어. 날 참 예뻐했는데!"

어머니는 눈을 반짝이며 생기를 띠셨다.

기대에 찬 하루하루가 지나갔다. 나는 애가 타서 우체통을 수시로 열어보았다. 1차, 2차 상봉이 차례로 매스컴을 타고 있었다.

무심한 척하셨지만, 어머니의 얼굴은 나날이 수척해져 갔다. 몇 달이 지나 한 통의 통지서가 날아왔다. 금강산 일대의 주민을 다 이주시켜 연고자를 찾을 수 없단다. 멍하니 먼 산만 바라보던 어머니는 몇 날을 힘없이 누워계셨다.

그로부터 2년 후 어머니는 '고성군민회'에서 주최한 금강산 여행을 다녀오셨다. 그런데 어찌된 일인지 여정에 대해서는 별다른 말씀이 없으셨다. 오히려 안달이 난 것은 나였다.

"고향 다녀오신 소감이 어떠셔요?"

"가지 말 걸 그랬다……."

어머니는 마지못해 대답하셨다. 어린 시절 뛰놀던 그 풍광이 다 사라졌단다. 낙심이 크셨다.

"삼일포는 완전히 달라졌어. 어릴 때 소풍 참 많이 갔었는데 그때 모습이 하나도 없어……."

남들은 금강산 다녀왔다고 좋아라하건만 어머니는 또 몇 날 모래 씹은 얼굴을 하고 계셨다.

적십자사에선 계속해서 전화는 물론 편지까지 보내며 지속적인 관심과 위로를 전했다. 최선을 다해 북에 있는 가족을 찾고 있다고 했다. 그러다가 최근 몇 년간 잠잠하더니 오랜만에 전화가 왔다. 어르신 건강은 좀 어떠냐고 챙겨주는 그들이 참으로 고마웠다. 치매가 깊어진 근황을 전하며 어머니를 위해 더는 애쓰지 말라고 알렸다. 애써 끌어온 인연의 끈이 툭 끊어지는 느낌이었다.

연전에 고성의 통일 전망대를 찾았다. 날이 맑아 금강산이 한눈에 들어왔다. 어머니가 늘 말씀하시던, 눈이 시리도록 보았다는 그 비경이었다. 나도 모르게 한 봉우리, 한 봉우리 살뜰히 더듬고 있었다.

요양원 TV에서는 연신 남북 이산가족 상봉 뉴스를 내보내고 있다. 치매에 걸리신 후 어머니는 방송 내용을 인지하지 못한다. 그런데 오늘따라 왜 이렇게 우시는 걸까? 어머니가 나를 언니라고 부를 때마다 내 등 뒤에서 어머니의 둘째 언니를 찾고 계신 것은 아닐까 하는 착각이 들곤 했다.

눈물을 닦아드리며 어머니가 견뎌내야 했던 외로움에 가슴이 먹먹해졌다. 자그마한 체구엔 몸보다 큰 사연이 살고 있었다. 너무 늦게 찾아온 남북 이산가족 상봉. 이룰 수 없는 어머니의 꿈이 울고 있는 것만 같았다.

어머니의 신용카드

새벽에 울리는 전화벨 소리에 머리카락이 쭈뼛 곤두섰다.

무슨 일일까? 떨리는 손으로 전화기를 들었다.

아니나 다를까. 시어머니께서 아프시단다. 빨리 노인요양
센터로 오라는 복지사의 전갈에 나는 신발을 제대로 꿰지도
못하고 내달렸다.

어머니는 열이 높아 홍조를 띠고 있었다. 평소 잘 눕지 않는

분이 눈을 꾹 감은 채 미동도 않고 누워계셨다. 요양원의 간호사는 해열제가 잘 듣지 않는다며 안타까워했다. 아무래도 병원으로 모시고 가야 할 것 같단다. 위중한 모습에 죄책감이 밀려왔다. 꾹꾹 눈물을 삼켰다. 일각이 여삼추인데 굼벵이처럼 늦장 부리는 노인전문병원의 응급차가 원망스러웠다.

어머니의 병명은 폐렴이었다. 밥은커녕 물 삼키는 것도 힘들어하셨다. 의사는 노인들의 폐렴은 아주 치명적이라며 입원을 권고했다. 병실을 잡고 링거주사를 어머니 팔에 연결했다. 간신히 눈을 뜨시더니 이내 또 잠이 드셨다. 무의식중에 링거를 뽑을까 우려되어 어머니의 팔을 붙잡고 그 모습을 물끄러미 바라보고 있는데 원무과에서 보호자를 찾았다. 직원은 기다렸다는 듯 진료비 청구서를 내밀었다.

지갑 속엔 달랑 이천 원이 들어 있었다. 지갑 카드 꽂이를 빼곡히 메우고 있는 은행 신용카드, 백화점 카드, 포인트 적립용 카드 등이 눈에 들어왔다. 이 녀석들은 한 은행의 한 계좌로 묶여 있는 공동체인데 무엇 때문에 색색 가지 다른 색깔로 꽂혀 있는 것일까. 갑자기 낯설게 보였다. 그럼에도 모자란 현금을 카드 한 장으로 가볍게 결제할 수 있으니 우선 고마웠다. 게다가 다음 달까지 외상이지 않은가.

상인들의 사정은 아랑곳없이 껌 한 통을 사도 카드를 내미는 세상이다. 요즘은 현금을 두둑하게 들고 다니는 사람이 오히려 이상하게 보일 지경이다. 세금을 감면해준다며 사용을 적극 독려하기까지 했다. 음흉한 이 녀석은 매달 많다 적다는 탓 한마디 없이 현금을 한꺼번에 꿀꺽 삼켜버리고 천연덕스럽게 함구하고 있지 않은가.

갑자기 이 무생물이 무정하게 느껴졌다. 나의 모든 씀씀이, 그에 얽힌 사연을 다 알고 있는 그가 아닌가. 그렇다면 묵묵히 견뎌온 세월을 그도 소상히 알고 있을 텐데 위로의 말 한마디가 없었다. 차가운 병원 로비에서 나는 한없이 외로웠다. 과연 어느 카드를 뽑아야 내 마음을 달랠 수 있을까.

"사인해주세요."

직원이 싸늘하게 재촉했다. 늘 예외 없는 무채색 말투였다. 갑자기 인연을 맺게 된 이 병원에서 어머니의 병을 치료하는 일 외에 나는 또 무엇을 기대했던 것일까?

신용카드가 없었던 시절 어머니는 단골 식료품 가게마다 외상 장부를 두셨다. 쥐꼬리만 한 남편 월급으로 시아버님의 미각을 충족시킬 고가의 식자재를 구하기란 턱없이 부족했다. 따로 써 놓지 않으셨지만 어머니의 계산은 늘 단골집의

외상 장부와 맞아떨어졌다. 지금의 예금계좌에서 결제되는 것과 같이 매월 정확했다. 돈만 받아가는 신용카드와는 달리 기분 좋다고 에누리를 해주는 가게 주인도 있었고, 택시 타고 가시라며 교통비를 억지로 주머니에 넣어주는 상인도 있었다. 어머니는 어쩌면 그때 이미 지금의 신용카드보다 인정이 물씬거리는 훨씬 세련된 카드를 지니고 계셨을지도 모른다. 지금처럼 딱딱한 마그네틱 카드가 아니라 써도 써도 닳지 않는 사연을 담은 말랑말랑한 만능 신용카드를. 그 총명한 카드를 나도 한 장쯤 간직하고 싶다. 그 시절 그 따끈따끈했던 카드를 어디 가면 다시 만날 수 있을까.

"어데예. 어르신이 어디가 어떻게 아프신데예? 아휴 어짜지예."

문득 환청이 들렸다. 한때 다니던 재래시장의 생선가게 아주머니 목소리가 귓가에서 맴돌았다. 그곳 터줏대감이었던 그분은 늘 환한 웃음을 지으며 가장 물 좋은 생선을 우리 몫으로 남겨두곤 했다. 신혼이었던 그 철없던 때로 다시 돌아가 어머니 옷소매를 살며시 잡고 시장을 한 바퀴 돌아보고 싶다. 한낮에 시장에 내리꽂히던 따가운 햇볕, 상인들의 활달하고 유쾌한 생동감을 담뿍 안아오고 싶다. "새댁, 힘들제. 그래 내

가 알아 줄끄마." 그런 위로의 말을 한 보따리 메고 와 어머니
의 곁에 풀어놓을 수만 있다면.

　병실로 돌아와 보니 똑똑 수액이 떨어지고 있는 병상에서
어머니는 다행히 안정을 되찾고 있었다. 고른 숨소리에 안심
이 되었다. 어머니의 곱은 손마디를 어루만지며 나는 정으로
수놓아졌던 어머니의 신용카드를 찬찬히 회상하고 있었다.

두 분의 합창

요양원에 계신 시어머니께서 낙상하셨다. 의사는 더는 보행이 힘들겠다며 휠체어를 권했다. 무릎 연골이 없는 어머니는 고령으로 수술조차 어려운 상황이었다. 가까스로 걷던 걸음이었건만 그마저 멈추게 되었다. 어머니의 인지 능력도 급격하게 떨어졌다. 점차 자식조차 알아보지 못할 지경에 이르렀다.

"앞장서거라."

소식을 전해들은 친정엄마가 단호하게 말씀하셨다. 애써 만류하던 사위도 "내가 앞으로 몇 번이나 더 뵐 수 있겠나?"는 말에 백기를 들었다. 요양원으로 향하는 길이 멀게만 느껴졌다. 하지만 마음 한구석엔 혹시 어머니께서 친정엄마를 알아보시지 않을까 하는 기대감이 없지 않았다.

요양원의 어머니는 친정엄마를 생판 모르는 사람 보듯 빤히 쳐다보셨다. 두 분의 눈 속에 눈부처가 들어앉았다. 순간 엄마의 눈이 기대로 반짝였다.

"저 누군지 아시겠어요?"

"아휴, 이렇게 와주셔서 감사합니다. 그런데 누구세요?"

금세 엄마의 얼굴에 먹구름이 몰려들었다. 천 년처럼 긴 침묵이 흘렀다.

친정엄마가 요양원에 오는 동안 가슴에 꼭 끌어안고 있던 보따리를 풀었다. 뚜껑을 여니 오색으로 화려한 잡채가 고소한 냄새를 풍겼다. 엄마도 허리가 아파 잘 걷지 못하는데 언제 이런 것까지 준비하셨을까!

"잡채 좋아하셨잖아요. 얼른 맛 좀 보세요."

젓가락을 쥐여주는 엄마의 손이 가늘게 떨렸다.

"어머나, 저는 이런 거 처음 먹어봐요. 같이 드세요."

홍분한 어머니는 철없는 아이처럼 정신없이 잡수셨다. 평소 과식하지 않는 분인데 체할까 걱정이 다 되었다.

"근데 누구세요? 누구신데 이렇게 맛있는 걸 해 오셨어요? 정말 감사합니다."

어머니는 연신 두 손을 모으며 인사를 하셨다.

"천천히 드세요."

두 눈이 빨개진 엄마가 시선을 떨구었다.

잡채를 다 잡수시고 무표정한 얼굴로 앉아 있던 어머니는 불쑥 무슨 충동이 일었는지 노래를 부르기 시작했다.

"오동추야 달이 밝아 오동동이냐!"

손바닥으로 테이블을 치며 박자를 맞추기도 하셨다. 노래는 메들리로 되풀이되었다. 그 모습을 지켜보던 엄마가 긴 한숨을 토했다. 생각보다 증상이 심각하다는 것을 확인한 엄마는 많이 당혹해했다. 엄마의 낯빛은 점차 핏기가 사라져 파리해 보였다. 엄마는 슬그머니 면회실을 빠져나가더니 한가롭게 유영하고 있는 흰 구름을 하염없이 바라보고 계셨다.

어렵다는 사돈지간이었지만 두 분은 참 정답게 지내셨다. 하지만 처음부터 친연했던 것은 아니었다.

우선 집안 간의 종교가 달랐다. 시댁은 불교, 친정은 천주교
였다. 첫 상견례 때 갈등이 불거졌다. 시어머니의 종교적 신
념은 완강했다. 엄마도 그런 어머니에게 절대 지지 않으려 했
다. 노총각이던 남편의 얼굴이 핼쑥해졌다. 친정아버지의 결
혼 승낙을 어렵게 받았는데 이런 복병이 숨어 있을 줄은 몰
랐다. 사태가 심각해지자 시아버지와 친정아버지가 적극적
으로 중재했지만 찜찜했던 기억이 앙금으로 남았다.

다행히 두 집안의 분위기는 비슷했다. 약주를 좋아하는 시
아버지와 친정아버지는 술상을 앞에 놓고 오랜 시간 정담 나
누기를 좋아하셨다. 두 분의 배짱이 맞았는지 꽃이 피면 폈
다고, 꽃이 지면 졌다고 핑계를 만들어 서로를 초대했다. 목
련꽃 그늘에 평상을 펴고 술잔을 기울이시던 두 분의 모습이
지금도 눈에 선하다. 볕 좋은 날 사돈지간에 배낭을 메고 북
한산에 올라 계곡물에 발을 담그기도 하셨다.

초대가 잦아지자 어머니와 친정엄마는 음식 솜씨로 보이
지 않는 경쟁을 벌이셨다. 나는 두 집안의 고유한 비법을 실
어 나르기에 바빴다. 두 분은 자신들도 모르는 사이에 점점
소통하기 시작했다.

친정아버지가 오랜 투병 끝에 돌아가시자 시부모님이 문상

을 오셨다. 시어머니를 보자 친정엄마는 눈물을 뚝뚝 흘렸다.

"에고, 참 좋은 분이셨는데 아까워서 어째……."

어머니는 엄마를 부둥켜안고 한 몸이 되어 우셨다.

그날 이후 어머니는 발 벗고 엄마를 챙기기 시작했다. 북에 친정을 두고 남편 따라 월남한 어머니였다. 혈연에 대한 외로움이 사무쳤는지 엄마를 친동생처럼 여기셨다. 고명딸인 엄마도 언니 같은 사돈이 생기자 살갑게 굴었다. 두 분은 가끔 우리 내외와 여행에 동행하기도 하셨다.

어느 날 온천여행을 다녀오신 후, 친정엄마가 혈압이 높다는 것을 알게 된 어머니는 내내 걱정하셨다. 병원에 꼭 모시고 다니라고 내게 채근까지 하셨다. 엄마는 엄마대로 고령인 어머니가 뜨거운 온천물에 너무 오래 계시는 것 같다며 걱정하셨다. 두 분이 서로의 건강을 챙기는 모양새는 자식인 나보다 더 애틋했다.

하지만 두 양반은 만나기만 하면 새끼고양이처럼 늘 아옹다옹하셨다. 밤새 무슨 코를 그렇게 고느냐며 퉁박을 주고, 베개가 맘에 안 든다고 투정을 부리기도 했다. 아침에는 꼭 밥을 먹어야 한다, 한 끼 정도는 가볍게 라면을 먹어도 된다며 별것 아닌 것을 가지고 아이들처럼 다투셨다. 밥상을 앞

에 두고 이 음식은 간장 양념이 좋다고 하면 소금으로 간을
해야 맛이 더 깔끔하다고 대거리를 했다.

손주 자랑에 시간 가는 줄 모르다가 나중에는 자식들 홍보
기에 열을 올리기도 했다. 내가 도마 위에 오를 때도 더러 있
었는데 그럴 때면 두 분은 척척 죽이 잘 맞았다. 내 흥을 보면
서 뭐가 그리 재미있는지 박장대소를 하며 즐거워하셨다. 누
가 보아도 천상 의좋은 자매였다.

우리 언니, 동생 합시다. 어머니가 느닷없이 제안하셨다. 엄
마는 기다렸다는 듯 좋고, 말고요 하고는 손가락을 걸었다.
그날 대청엔 환한 봄볕이 넘실거렸다.

어머니가 치매를 앓게 되자 24시간 보호하라는 의사의 진
단이 내려졌다. 대문 밖 출입은 물론 어머니에게서 잠시도 눈
을 뗄 수 없었다. 궁여지책으로 나는 어머니를 모시고 친정
으로 향하곤 했다. 엄마는 그런 나와 어머니를 늘 환하게 맞
이하셨다. 엄마는 늘 별식을 준비했고 되풀이되는 어머니의
말씀도 잘 받아주셨다.

어머니의 얼굴은 환해졌지만, 엄마는 짝을 잃은 새처럼 수
심이 가득했다. 쾌차하길 바라는 엄마의 마음과는 달리 어머
니의 병세는 점점 더 깊어져 갔다. 엄마의 우울감도 나날이

커졌다. 아차! 싶었다. 자주 오라는 엄마의 당부를 더는 따를 수 없었다. 나는 일부러 대놓고 두 분의 만남을 막아왔었다.

오늘에서야 요양원에 계신 모습을 처음 보게 된 엄마였다. 또 얼마나 많은 시간 가슴앓이를 하실까 은근히 걱정되었다.

흘러가는 구름에서 눈을 돌린 어머니가 다시 면회실로 돌아왔다. 그리고는 무슨 결심을 했는지 어머니의 노래를 따라 부르기 시작했다.

"천진하신 모습은 여전하시네."

엄마가 오랜만에 웃었다. 허리가 꾸부정한 엄마와 휠체어에 앉아 계신 어머니는 사과 한 쪽에 차 한 잔을 나누어 드셨다. 연신 서로 "누구시냐?"고 묻고, "생각 안 나시냐?"고 대답하면서.

"언니, 동생 하자더니 그새 잊으셨네. 불쌍해서 어쩌나……."

엄마의 눈에서 눈물이 뚝 떨어졌다.

"아휴 따뜻해."

어머니는 그런 마음을 아는지 모르는지 엄마의 손에 당신의 손을 포개셨다. 두 분은 서로를 바라보며 활짝 웃으셨다.

사라진 것들을
위하여

　한동안 돌보지 못한 잔디밭은 온갖 잡풀들의 경연장이었
다. 민들레, 제비꽃, 쑥, 질경이, 씀바귀 등속이 세력 다툼을
벌였다. 올해의 승자는 단연 쑥이었다. 금잔디였던 영화는 사
라지고 이제는 그야말로 쑥대밭이 되었다. 앉을 자리를 제대
로 찾지 못한 잔디가 오히려 쭈뼛대는 모양새였다.

　"이러다 잔디 다 죽이겠네. 아까워서 어째. 어머니가 보시면 놀라서 한 말씀하시겠네."

나는 허둥대며 잘하지도 못하는 호미질을 해댔다. 잡초의 저항은 생각보다 완강했다. 남편이 다가와 툭 친다. 걱정스러운 눈치였다. 손길을 멈추고 망연자실 마당을 바라보았다. 그날도 햇빛이 분가루처럼 분분하게 내리고 있었다.

청명이 지난 햇볕 따스한 어느 날 시어머니가 마당에서 나를 부르셨다. 잔디밭에 쪼그리고 계시던 어머니는 내게 쑥을 캐라고 하셨다. 쑥국을 끓일 심산이셨다.

서울에서 나고 자란 나는 쑥을 구분할 줄 몰랐다. 어머니의 귀띔에 의하면 뒤집어보아 흰빛을 띠는 게 쑥이라 했다. 둘러보니 쑥을 비롯해 잡초가 마당 한가득이었다. 어머니는 이들을 묵묵히 캐내고 있었다. 집안일에 눈코 뜰 새 없었던 나는 마당일에만 열심인 어머니가 내심 원망스러웠다. 하지만 막상 참견하고 보니 이곳의 일도 만만하지 않았다.

기왕 하려면 아예 뿌리까지 뽑아내라고 하셨다. 팔에 힘이 쑥 빠졌다. 미리 가르쳐주시지 하는 원망이 들었다. 집 안에 호미는 달랑 하나뿐이었고 그마저도 어머니 차지였다. 나는 하는 수 없이 맨손으로 캐내야 했다. 결코 쉬운 일이 아니었다. 나중엔 과도와 가위까지 동원하였다. 하지만 마음만 바빴지 일의 진척은 더디기만 했다. 사정없이 내리꽂히던 햇볕에 등줄기가 따가웠다. 어머니도 힘이 드시는지 화난 표정을 하고 계셨다. 이렇게 시작부터 삐걱거렸던 쑥과의 조우였기에 그 녀석을 제거하는 일은 그닥 달갑지 않았다. 오늘 잔디밭이 이런 꼴이 되도록 방치해둔 것도 이런 사정과 무관치 않았다.

어머니는 늘 모자도 쓰지 않은 채 몸뻬를 입고 잔디밭에 엉거주춤 쭈그려 앉아 작업하셨다. 불편해 보였지만 그 자세가 오히려 편하다고 하셨다. 깔판을 마련해드려도 마다하셨다. 그때는 이해가 가지 않아 고집도 참 유별나시다 했는데 잔디가 눌리는 게 싫어 그런 자세를 취하신 거였다. 어느새 나도 어머니를 은근슬쩍 닮아가고 있었다.

어머니는 꼭 한낮 햇빛이 쏟아질 때를 골라 잡초를 뽑곤 하셨다. 이른 아침이나 해 질 녘 그늘을 이용하면 오죽이나 좋을까 했는데 다 이유가 있었다. 모기를 비롯한 독충을 피하기 위한 고육책이었다.

"뭐 꼭 그럴라고?"

그때는 왜 그렇게 짜증이 났는지 어머니의 말이 곧이들리지 않았다. 오늘따라 어머니의 얼굴이 왜 이렇게 눈에 밟혀오는지 모르겠다.

어머니의 특별한 공간인 마당. 우리는 그 마당을 어머니의 작품이라고 불렀다. 어머니는 동이 트기 무섭게 달려 나가 마당을 깨우셨다. 마당의 식물들은 어머니의 발걸음에 맞춰 꽃을 피웠고 무성해졌다. 외출해서도 화단에 물을 줘야 한다며 마치 젖먹이를 두고 온 새댁처럼 서두르셨다. 덕분에 우리는 해마다 초록 융단을 선물로 받았다. 온 가족이 잔디밭에서 뛰고 뒹굴며 맘껏 누렸다.

어린 조카들은 동네가 떠내려가도록 소리를 지르며 기차놀이를 했다. 인근에서 가장 시끄러운 집으로 이웃들의 원성이 줄을 이었다. 봄이면 앵두, 살구 열매가 울타리에 산재했다. 꽃 그늘 아래서 시아버님과 친정아버지께서 술잔을 기울이곤 하셨다.

여름에는 텐트를 치고 야영을 한다고 법석을 떨었다. 그늘에 돗자리를 펴고 앉아 정담을 나누고 수건돌리기며, 노래자랑을 벌였다. 꼬마들이 각색 연출하고 열연한 얼토당토않은 연극에 배꼽을 잡고 뒹굴기도 하였다. 여름 생인 딸과 아들은 이 마당에서 돌잔치를 했다. 외화의 자막처럼 지난날의 추억들이 빠르게 스쳐 지나갔다.

여치, 메뚜기, 방아깨비, 사마귀가 튀어 오르고, 개미가 집을 짓고, 달팽이가 나무 밑에 숨던 시간들. 마당을 가득 채웠던 식구들과 그 떠들썩했던 날들은 다 어디로 사라진 것일까?

이 집을 떠날 때 마당을 돌아보고 또 돌아보며 차마 발걸음을 옮기지 못하던 어머니는 다시는 이곳에 돌아오지 못하셨다. 30여 년을 알뜰살뜰 돌봐왔건만 이젠 어머니의 기억에서 완전히 사라진 공간이 되었다. 아무리 치매를 앓고 계시다지만 이토록 하얗게 잊힐 수도 있다니! 믿어지지 않았다.

그날의 가족들은 구심점을 잃어버리고 뿔뿔이 흩어졌다. 마당은 마치 달콤한 꿈을 꾸다 한바탕 두들겨 맞은 채 버려진 것 같았다. 모든 영화가 사라진 마당은 내게도 낯설게 보였다. 그런데 갑자기 나는 왜 호미까지 들고 저 잡초들을 몽땅 없애버릴 듯 설치고 있는 걸까? 아마도 눈이 부시게 내리꽂히는 저 햇빛 탓인가 보다.

잔디밭 가장자리에 핀 초롱꽃이 눈에 띄었다. 바람이 조롱조롱한 분홍 꽃을 종종종 흔들었다. 사방에서 꽃들이 피어났다. 구석구석 배어 있던 꼬마들의 웃음소리가 평풍처럼 튀어나오는 듯했다.

환영처럼 어머니의 모습이 어른거렸다. 어머니는 이 마당

에 서서 우리를 맞을 생각에 얼마나 가슴이 벅찼을까? 떠나
간 가족들의 이름을 하나하나 불러 보았다. 내 가슴도 뛰기
시작했다.

잃어버리지
말아요

시어머니의 방문을 여니 방 안은 그야말로 난장판이었다.
서랍이란 서랍은 다 열려 있고 옷가지는 널브러져 있었다.
나를 보는 둥 마는 둥, 어머니는 무얼 찾느라 정신이 없었다.
"어? 이게 어디 갔지?"
문갑을 열어젖히더니, 경대 밑도 샅샅이 훑어보셨다.
"뭐하셔요?"

"아니야, 암 것도 아니야. 이쪽으로 가까이 오지 마요."

손사래를 치시는데 약지에 늘 있던 반지가 안 보였다.

"어머니, 반지 또 잃어버리셨어요?"

"어? 언니가 그걸 어떻게 아셔?"

어머니는 동작을 멈추고 의아한 표정으로 나를 바라보셨다.

"가만 계셔요. 제가 찾아드릴게요."

이불을 들춰보았다. 솔기까지 훑었으나 없었다. 급기야 어머니의 베갯잇까지 탈탈 털었다. 툭! 반지가 또르르 굴러 나왔다.

아버님이 기념일에 해주었다는, 큐빅 다이아몬드 5개가 쪼르륵 박힌 금반지, 애지중지하시던 그 반지가 그즈음 날마다 어머니와 숨바꼭질을 시작했다.

물건을 당신이 숨기고 도둑맞았다며 온 집 안을 뒤지고, 남을 의심하는 언행이 어머니의 처음 치매 증상이었다. 며느리조차 의심하셨다. 나는 어머니가 숨긴 물건 찾기에 이골이 났다. 어머니 딴엔 대단히 중요한 물건들이 차례로 자취를 감추기 시작했다. 주민등록증과 은행 통장은 장독 항아리에 들어 있었다. 프라이팬 밑에 깔아두었던 빳빳한 지폐를 찾기도 했다. 재봉틀에는 동전 한 꾸러미가 들어 있었다. 옷가지나 이

불 속에 숨긴 건 그나마 찾기 쉬웠다. 반찬통 뚜껑만 따로 분리하여 꽁꽁 싸매둔 걸 창고에서 발견했을 땐 기가 막혔다. 보물찾기 놀이가 따로 없었다.

데이케어센터에 다닐 때는 옆에 앉은 할머니에게 이 반지는 우리 할아범이 해준 거고, 이 시계는 미국 가서 산 것이라며 자랑하셨다. 다른 할머니들도 색색 가지의 반지를 끼고 계셨다. 기죽지 않으셔서 다행이다 싶었다. 하지만 하루는 시계를, 또 어느 날은 반지를 잃어버리고 오셨다. 다행히 복지사가 챙겨두었다가 전해주며 집에 두라고 권했다. 일일이 챙겨주는 복지사가 고맙고 미안했다. 저리 소중하게 여기는 반지인데 잃어버리면 상실감이 클 것 같았다. 어머니께 반지는 달랑 이것 하나였다.

알고 보니 어머니가 반지를 빼는 게 아니었다. 살이 빠져 손가락이 가늘어지자 반지가 자꾸 빠져나오는 거였다. 불안해진 어머니는 누가 반지를 가져갈까 봐 자신도 모르게 날마다 다른 곳에 숨기셨다. 드디어 결단을 내린 나는 어머니께 예쁜 상자를 보여드렸다.

"어머니, 여기에 반지를 넣어두면 잃어버리지 않고 좋겠지요? 이렇게 상자를 머리맡에 둘게요. 아셨지요? 여기에 두고 다니셔요."

고개를 끄떡끄떡하셨다. 며칠 동안은 여전히 "내 반지 어디에 있어요?" 하고 찾으셨다. 하지만 한두 달이 지나자 반지를 완전히 잊으신 듯했다. 반지는 그렇게 문갑 속에서 오랫동안 잠을 자게 되었다.

어머니가 요양원에 가신 후 방치했던 문갑을 열었다. 반지 상자가 빼꼼히 고개를 내밀었다. 문득 어머니께 반지를 끼워드리고 싶은 마음이 일었다.

어머니는 당신의 반지를 알아보지 못했다. 반지는 스르르 흘러내렸다. 어머니 마른 손가락 어디에도 반지는 맞지 않았다. 즐겁게 해드릴 요량이었는데 마음이 짠했다. 어머니 손을 쓰다듬고 있으려니 옛일이 다 허사처럼 느껴졌다.

순간 어머니는 반지를 내 손가락에 밀어 넣으셨다. 본디 어머니보다 내 손가락은 많이 굵었다. 어머니의 반지는 늘 손가락 끝에 걸려 들어가지 않곤 했다. 그런데 이게 웬일인가! 마치 요술이라도 부린 듯 내 손가락에 딱 들어맞는 게 아닌가? 깜짝 놀랐다. 지켜보던 남편과 아이들도 놀랐다. 함께한 세월 동안 어느새 마음을 넘어 몸도 같아진 걸까?

"언니 가져요. 이제부터 이건 언니 거예요. 내가 주는 거니 잃어버리지 말아요."

또랑또랑한 목소리로 말씀하시며 내 손을 힘 있게 잡았다. 순식간에 울음바다가 되었다.

반지는 이제 어머니가 살아생전 나에게 남기신 마지막 선물이 되었다. 나는 평소 장신구를 애용하지 않지만, 마음이 힘들 때나 어려운 일이 닥치면 나도 모르게 어머니의 반지를 찾아서 낀다. 어머니의 손때가 남아 있는, 생활의 흠집투성이에 빛바랜 반지지만 언제나 든든하게 마음의 버팀목이 되어준다.

때때로 나는 반지를 만지며 어머니와 대화를 나눈다. 그곳에서 평안하시냐고, 당신이 그토록 사랑했던 우리는 덕분에 잘 살고 있다고, 많이 보고 싶다고, 사랑한다고.

마지막 노래

시어머니의 노환이 깊어졌다. 요양원에 계신 어머니를 병원으로 옮겼다. 의사는 더는 치료 방법이 없다며 보통 이 상태가 되면 요양병원 중환자실로 모신다고 했다. 의사에게 매달렸으나 그는 퇴원을 권했다.

상태가 중함을 직감했다. 하지만 몇 번의 절명 위기에도 매번 꿋꿋하게 소생하셨기에 실낱같은 희망을 포기할 수 없었다. 우리는 의사의 권유대로 여러 요양병원을 알아보았다. 그러다 문득 여기저기 떠돌게 될 어머니의 처지가 가엾다고 여겨졌다. 그만 포기하자고 했다. 남편도 고개를 끄떡였다. 시누이들이 울음을 터뜨렸다.

그해 7월 어머니가 집으로 돌아오셨다. 요양원에 가신 지 3여 년 만이었다.

어머니 침대를 안방 침대와 나란히 놓았다. 어머니가 한 방에 계시니 마음이 놓였다. 들것에 실려온 어머니는 생경한 눈빛으로 집 안을 훑어보셨다. "전에 어머니가 사시던 집이에요. 아들네 집이요." 귀띔해 드렸다. 단박에 생기가 돌아왔다. 둘러서 있던 당신의 사위와 딸들에게 "여기가 우리 아들네 집이요. 아들, 어디 있냐? 아들?" 하며 큰소리 치셨다. 아픈 사람답지 않게 목소리가 쩌렁쩌렁했다. 어머니는 늘 요양원이 당신 집이라고 우기곤 했는데 그간 거짓말하셨던 걸까? 치매도 회귀본능만은 지워버리지 못하는 걸까! 어머니는 좋아서 웃고 계시는데 우리는 죄송해서 울었다.

애완 토끼들이 어머니를 반기듯 깡총깡총 뛰어왔다. 어머니의 벗으로 기르던 녀석들이었다. 녀석들은 어머니 침대 밑에 아예 자리를 잡더니 내내 그곳을 떠나지 않았다.

머리를 감기고 목욕을 시켜드렸다. 왜소한 몸에 새겨진 주름들은 마치 어머니가 세월을 필기도구 삼아 평생 써온 자서전처럼 느껴졌다. 죽을 쑤어드렸더니 맛나게 드셨다. 약도 잘 삼키셨다. 점차 화색이 돌아왔다. 병이 말끔하게 다 나은 듯 보였다. 집으로 모셔오길 잘했다 싶었다. 비록 침대에 누워계실망정 밝아진 표정을 보고 있노라니 까닭 없이 가슴이 벅차올랐다. 세상에는 의학이 풀 수 없는 기적도 많다지 않은가! 불쑥 찾아온 희망이 근거 없이 집 안을 환하게 했다.

찌는 듯한 무더운 날씨가 이어졌다. 무슨 영문인지 때맞추어 에어컨도 고장이 났다. 집 안은 열기로 설설 끓는데 어머니는 자꾸 춥다고 하셨다. 아이들에게 선물로 만들어 주셨던, 지지미에 면을 덧댄 이불을 덮어드렸다. 어머니는 당신이 만든 이불을 알아보지 못했지만, 마음에 드시는지 자꾸 쓰다듬었다. 이불을 덮은 어머니는 신기하게 땀도 흘리지 않았다. 코까지 골며 곤하게 잠이 든 어머니를 바라보았다. 비로소 힘들었던 긴 여정을 내려놓으신 듯 어머니의 얼굴은 평상시처럼 평온해보였다.

두 주가 지나갔다. 갑자기 어머니가 비명을 지르셨다. 다리가 아파요. 에구구 언니, 많이 아파요. 얼굴이 빨개지셨다. 아프다는 말씀을 잘 하지 않는 양반이라 당황했다. 발을 살살 주물러드렸다. 욕창이 나지 않게 수시로 체위를 바꾸어 드렸다. 그런데 어머니의 눈빛이 당황한 듯 자꾸 흔들리는 게 아닌가. 돌아가시기 전 아버님의 눈빛도 그랬었다. 나는 두려움에 몸을 떨었다.

어머니도 죽음을 예감하신 게 아닐까 하는 불길한 생각이 들었다. 그렇다면 지금 어머니는 얼마나 외롭고 무서울까! 마지막까지 열린 것이 귀라고 했다. 나는 우선 가족들에게 그동안 어머니께 하고 싶었던 말을 귀 가까이 대고 들려드리라고 했다. 가족들은 돌아가면서 평안하게, 아무 걱정 마시고 잘 가시라고 인사를 했다. 사랑한다고, 어머니가 계셔서 행복했다고도 했다.

이렇게 귀한 시간을 그저 울면서 보낼 수는 없었다. 어머니와 나는 참 많은 추억을 가지고 있었다. 이대로 아무 대책 없이 보내드려야 하는 나도 위로받고 싶었다. 우리는 울음을 참았다. 아이들은 갑자기 세월을 건너뛴 듯 의젓해졌다.

딸이 핸드폰에서 천수경 앱을 찾아 틀었다. 머리맡에 놓아드렸더니 귀가 밝으신 어머니가 입을 달싹이며 따라 하시는 게 아닌가! 모두 깜짝 놀랐다. 그 옛날의 총명한 기억을 잊

지 않고 계시다니! 우리도 불경을 찾아와 같이 외우기 시작
했다.

　우리는 어머니가 즐겨 부르시던 노래도 틀어드렸다. 〈동
백 아가씨〉, 〈섬마을 선생님〉, 〈바다가 육지라면〉, 〈진도 아
리랑〉 등을 어머니는 잘 따라 부르셨다. 난데없이 합창이 되
기도 했다.

　아리 아리랑
　어머니가 노래를 부른다

　미간을 찡그리고
　가냘픈 손 휘저으며
　아리랑 응응응 아라리가 났네
　부르다 목이 쉰다

　손가락 마디마디
　구불구불 맺힌 인연
　아리랑 아리랑

가쁜 숨 몰아쉬다

입술만 달싹인다

오늘 기어이 이승 고개 넘으려는 걸까

바싹 마른 입술을 열고 삐쭉 새어 나오는 울음

그치지 않는 어머니의 노래 아리 아리랑

-졸시 〈아리 아리랑〉

　어머니는 그 여름을 넘기지 못하셨다. 향년 95세. 돌아가
시기 전 어머니가 부른 노래는 우리에게 위로가 되었다. 어
머니도 위로를 받으셨을까?

시아버님의
은수저

"만 원 드리지요."

선뜻 돈을 내미는 금은방 사장님. 순간 목이 메었다.

이 은수저는 시집올 때 시아버님 드릴 예물로 해온 것이다.
그날부터 세상을 떠나시던 날까지 30여 년 동안 시아버님 곁
을 떠나지 않았던 충직한 동지였다. 그 세월을 견디느라 야윈
모습이 안쓰러웠다. 시아버님 유품인 시계와 반지, 안경 등을

시숙과 시누이들에게 나누어주고 나니 내게 남은 건 달랑 이 은수저 한 벌뿐이었다.

은수저로 음식의 독을 찾아내고 사용하는 사람의 건강상태까지 알 수 있다고 했다. 그 효능 덕분이었을까. 노환으로 쓰러지기 전까지 시아버님은 큰 병치레를 하지 않으셨다.

돌아가신 지 어느새 일 년이 다가온다. 은수저를 살며시 꺼내 보았다. 생전에는 늘 반짝반짝 윤이 났던 수저가 까맣게 변색되어 있었다. 사자(死者)의 물건은 금마저도 녹이 슨다고 하였던가. 이 유품도 하루하루 검게 타들어 갔나 보다. 회한이 밀려왔다. 입적하신 법정 스님의 무소유 사상이 빛을 발하고 있는 작금에 시아버님의 손길을 남겼던 일이 혹시 욕심은 아니었을까. 미리 마련해둔 산소도 마다하고 화장하라고, 그저 자연으로 돌아가고 싶다던 시아버님 아니셨던가. 이제 그만 이 수저에 걸린 슬픈 마법을 풀어주고 싶어 금은방으로 향했다.

헌데 그 만 원 소리를 듣는 순간 나는 무너졌다. 그동안 나를 믿고 그 수저로만 식사하신 시아버님의 음성처럼 크게 들렸다. 마치 아버님을 팔고 있는 듯한 죄책감이 밀려왔다.

"사장님. 안 되겠어요. 그냥 그 은수저 도로 주셔요."

내 울먹임에 놀란 금은방 사장님은 묵묵히 은수저를 닦기 시작했다. 그리고는 곱게 비닐에 담아주었다.

"이대로 보관하면 변색되지 않을 거예요."

그의 조용한 배려에 마음이 숙연해졌다.

식도락가였던 시아버님의 식탁은 참으로 까다로웠다. 무엇을 해드려도 칭찬이 돌아오기란 그저 먼 바람이었다. 그러던 분이 돌아가시기 전에 단 한 번 나에게 칭찬을 하셨다.

"네가 한 갈비찜이냐? 참 맛있게 잘했다!"

목이 메어 밥을 먹을 수 없었다. 기쁜 건지, 슬픈 건지 알 수가 없었다. 그때 미세하게 떨리던 시아버님의 손을 지키던 것이 바로 이 은수저였다.

덥석 추억을 받아 가슴에 꼭 품고 돌아왔다. 수놓은 명주 수저 집에 넣어 생전에 좋아하시던 햇빛 밝은 곳에 두었다.

나는 오늘도 주인 잃은 은수저를 닦으며 시아버님과 대화를 나눈다. 그분과 같은 믿음을 또 어디서 만날 수 있을까. 이다음에 며느리랑 손주들이 생기면 같이 앉아서 도란도란 아버님의 은수저 얘기를 해주고 싶다. 임금님이 쓰시던 명품도 아니요, 몇 백 년 묵은 유물도 아니지만 시아버님은 값진 은수저를 내게 남기셨다. 보물이 어디 따로 있겠는가.

잘 있거라,
나는 간다!

시어머니께서 세상을 떠나셨다. 불교 신자였던 어머니의
유지에 따라 49재를 길상사에 모셨다. 길상사는 법정 스님께
서 입적하신 절이다. 경내가 수려하고, 참배객이 많아 외로
운 마음을 조금은 달랠 수 있었다. 나는 어머니가 보고 싶으
면 불쑥 절을 찾아가곤 했다.

극락전에 들어서면 법당 왼쪽에 49재를 모시는 혼령들의

영정 사진이 열댓 개 놓여 있었다. 그곳에 올려놓은 어머니의 사진은 어느 화창한 봄날 남편이 마당에서 찍은 것이다. 사진 속 어머니는 온화한 미소로 나를 맞이하건만 나는 매번 눈물이 앞을 가려 바로 바라볼 수 없었다.

단 위에 올려진 영정 사진 속 망자들의 표정은 각기 다 달랐다. 대개 근엄한 모습이 많았지만, 어쩌다 활짝 웃고 있는 사진이 올라오면 선뜻 눈길이 갔다. 젊은 망자의 사진을 바라보다 괜스레 마음이 울적해지기도 했다. 사진들은 나름대로 사연을 품고 있는 듯 보였다.

어느 날 특이한 영정 사진이 올랐다. 등산복 차림의 초로의 사내가 바위에 올라서서 모자를 흔들고 있었다. 영정 사진이 아니라 산에 놀러 갔다 찍은 스냅 사진을 올려놓은 듯했다.

처음 보았을 때는 아마도 영정 사진을 미리 준비해두지 않아 황급히 급조했는가 보다 했다. 나도 그런 경험이 있었다. 친정의 친척이 갑자기 돌아가서서 영정 사진 때문에 쩔쩔매다가 급히 그림으로 그린 것을 찍어서 올렸었다. 그래도 그렇지 요즘 같은 스마트폰 시대에 저리도 활달한 양반이 변변한 사진 하나 없었을까 궁금해지기까지 했다.

법당에 들를 때마다 나도 모르게 그 사진을 바라보게 되었다. 이곳에 어울리지 않는 생경한 모습이 마음에 걸렸다. 생면부지였지만 점점 호기심이 일었다. 불경하게도 가까이 다가가 자세히 표정을 살폈다. 산 정상의 깎아지른 듯한 바위에 한 손을 얹고 다른 한 손으로 모자를 벗어 흔들며 서 있는 그분의 얼굴에는 만족한 미소가 가득 번져 있었다.

　산을 좋아하는 나는 그 상쾌한 기분을 잘 안다. 특히 더운 여름 정상에 올라 시원한 바람을 맞이하는 순간! 꿀맛 같다. 그분도 분명 그 절정을 느꼈으리라. 나이는 숫자에 불과하다며 다람쥐처럼 날렵하게 산을 휙휙 오르내렸을지도 모른다. 그 정복의 순간 모자를 벗어 흔드는 그 기분! 안 해본 사람은 모른다. 그 찰나가 생생하게 담겨 있었다.

　생전에 그분은 이 사진을 영정 사진으로 하라는 유언을 남겼을지도 모른다. 그도 아니라면 유족들이 망자의 빛나는 순간을 간직하고자 영정 사진으로 올린 걸까? 파격적인 이 사진은 슬픔의 그림자가 짙게 깔린 법당을 조금이나마 환하게 만들고 있었다.

　뒤로 물러나 앉는데 갑자기 난데없는 음성이 들렸다.

"잘 있거라, 나는 간다!"

　그 순간 사진은 모자를 흔들며 내게 다가왔다.

"잘 있거라! 나는 한바탕 신나게 잘 살고 가니 너희들은 부디 너무 슬퍼 말아라! 너희들도 여한 없이 재미나게 살다 오너라. 잘 있거라, 나는 간다!"

나는 망자의 인사를 정신없이 듣고 있었다.

귀신에라도 홀린 듯 멍해진 나는 한참을 그대로 앉아 있었다. 정신을 차리고 눈을 비비며 바라보니 사진은 아무 일도 없다는 듯 얌전히 제자리를 지키고 있었다. 법당에 적막이 내려앉았다. 놀란 가슴을 진정하고 가만히 사진을 바라보았다.

문득 죽음이 슬픔의 색채를 짙게 드리울 때 위로가 되어준 글이 떠올랐다.

장자(莊子)는 아내의 장례식에서 다리를 쭉 뻗고 앉아 동이를 두드리며 노래를 불렀다. 그는 대자연의 이치에 따라 기(氣)가 움직이는 것이 죽음이기에 슬픈 일이 아니라고 했다. 스위스의 철학자 칼 힐티(Karl Hilty, 1833~1909)는 "죽음은 밤의 취침, 아침의 기상이라는 과정과 본질적인 차이가 없다. 다만 커다란 과정"이라고 했으며, 호스피스 운동의 선구자인 엘리자베스 퀴블러 로스(Elizabeth Kubler Ross, 1926~2004)는 자신에게 다가오는 죽음을 느끼며 "나는 은하수로 춤추러 갈 거예요. 그곳에서 노래하고 춤추며 놀 거예요"라는 말을 남겼다. 또한 시인 천상병(1930~1993)은 그의 시 〈귀천〉에서 "아름다운 이 세상 소풍 끝내는 날, / 가서, 아름다웠더라고 말하리라"며 마치 어린아이처럼 천진하게 삶과 죽음을 노래하고 있다.

그들의 경지에 새삼 고개가 숙여졌다. 죽음의 반대말은 삶이 아니라고 한다. 톨스토이는 소설 『이반 일리치의 죽음』에서 "그가 죽자, 그토록 오랫동안 머물러 있던 죽음이 그의 몸에서 빠져나갔다"라고 쓰고 있다. 죽음은 삶이 껴안고 있는 한 부분이라는 것이다. 하루하루 무럭무럭 늙어가고 있는 나도 언젠가는 죽음을 만나게 될 것이다. 내 인생의 마지막 순간 저렇듯 활짝 밝게 마무리할 수 있다면! 해학을 담은 그 영정 사진 덕분에 슬픔이 조금은 휘발되는 느낌이 들었다.

즐거운 순간들은 가슴에 오래 머문다 했다. 그런 기억들은 시간을 초월해 영원히 남아 있게 될 것이다. 행복했다는 말보다 더 많은 의미를 함축한 순간을 남길 수 있다면 죽음이 한없이 두렵거나 슬프지만은 않을 듯했다. 뜻밖의 선물을 받은 나는 가슴이 차오르는 것을 느꼈다.

석양이 법당문을 밀고 들어왔다. 사진 속 어머니가 나를 바라보며 환하게 웃고 계셨다.

잘 자요,
당신

'웃으면 복이 온다'가 '웃으면 건강이 온다'로 바뀐 지 이미 오래다. 웃기만 해도 스트레스가 사라지고 면역력이 생긴단 다. 억지로 웃어도 뇌는 속는다고 했다. 그래서 거짓으로 웃어도 효과는 진짜 웃음과 같다고 한다.

나는 웃음치료 코디네이터다. 내가 웃음치료에 관심을 갖게 된 건 시어머니께서 데이케어센터에 다닐 때부터였다. 웃음치료 수업을 받고 온 날 어머니는 치매 환자 같지 않은 언행을 하시곤 했다. 그 후 병환이 깊어져 어쩔 수 없이 노인전문요양원에 모시긴 했지만 진즉 웃음의 효능을 어머니께 전하지 못한 아쉬움이 오래도록 남아 있었다. 어머니가 돌아가신 후 나는 본격적으로 웃음치료를 전파하기 시작했다.

나는 일반인을 위한 웃음치료도 하지만 주로 데이케어센터나 요양원에서 봉사한다. 그중에서도 어머니께서 머무셨던 요양원에 자주 들르는 편이다. 반갑게 맞아주는 요양사들과 함께 생전의 어머니를 떠올리며 눈물짓기도 한다.

그곳에는 어머니와 같은 방을 쓰던 한 환자분이 생존해 계시다. 그분은 뇌출혈성 치매를 앓고 있다. 어머님보다 한참 연하인 그분은 어머님을 성님이라 부르며 잘 따랐다. 두 분이 티격태격 다투기도 했지만 좋은 룸메이트였다.

내가 봉사하러 들르면 그분은 늘 강의실 맨 앞줄에 앉아 있곤 했다. 은발을 곱게 빗어 내리고 얼굴엔 환한 미소가 어려 있었다. 어떤 날은 나를 알아보고는 반갑게 손을 잡아주고 마치 피붙이라도 만난 듯 살갑게 대했다. 가끔 기분 좋은 날은 "연분홍 치마가 봄바람에……" 생전의 어머님 애창곡을 구성지게 뽑아대어 내 눈물샘을 자극하기도 했다.

강의실 뒤에는 언제나 다부진 인상의 중절모를 쓴 그의 남편이 서 있었다.

"또 오셨네요!"

그는 나를 만나면 한 손에 모자를 들고 정중하게 인사를 하곤 했다. 가끔 아내가 좋아하는 잡곡밥을 해와서 요양사들에게도 나누어준다는 얘기를 들었다.

병상에 걸터앉아 아내의 발톱을 정성껏 깎아주는 모습은 마치 어떤 의식이라도 치르듯 숙연해 보였다. 햇살 가득 내려앉은 창가에서 휠체어에 앉은 아내에게 조곤조곤 신문을 읽어주는 남편의 모습은 마치 한 폭의 그림 같았다. 요양사들도 그를 한 식구처럼 대했다.

어느 날 요양원 휴게실 자판기 앞에서 그 남편을 만났다.

"차를 몇 번이나 갈아타고 오신다면서요? 매일 출근 도장 찍다시피 한다며 요양사들이 감탄하던데요. 참 대단한 정성이세요."

나의 진심 어린 인사에 그는 일고의 망설임도 없이 말했다.

"저는 아내와 함께하는 하루하루가 너무나 행복해요. 이런 날이 지속되기를 기도할 뿐입니다. 아내를 많이 사랑합니다."

그렇게 말하며 그는 반쯤 남은 찻잔을 비웠다. 그 앞에서 나는 감히 어떤 말도 더 꺼낼 수 없었다.

아내가 저녁 식사를 마치고 나면 그 남편은 집으로 돌아갈 채비를 했다. 손을 꼭 잡고 눈을 맞추며 인사를 한다.

"잘 자요, 당신. 내일 올게요."

등을 토닥여주고 돌아서는 그의 뒷모습이 무척 쓸쓸해 보였다. 헤벌쭉 웃으며 배웅하는 아내가 보는 이의 마음을 아리게 했다.

"뭘 알고는 있는 걸까요?"

요양사에게 물으니 그래도 남편이 늦게 오거나 안 보이면 밥도 안 먹고 영 기운 없어 한단다. 미약하나마 남편은 알아보는 것 같다고 했다.

어느 날 강의실에 들어서는데 늘 배경처럼 서 있던 그 남편이 보이지 않았다.

"여기 오시다 길에서 쓰러지셨는데 못 깨어나셨대요. 눈이 오나 비가 오나 꼭 오시더니. 혹시 과로사하신 건 아닌지……."

요양사의 전언에 순간 아찔 현기증이 일었다. 등에 진 가방 속에는 아직 온기가 남아 있는 잡곡밥 통이 들어 있었단다.

웃음치료를 시작하기에 앞서 안타까운 마음으로 그녀를 바라보았다. 그녀는 여전히 환하게 웃고 있다. 살뜰했던 남편을 그새 잊은 걸까? 세상 아무 걱정 없는 웃음이다. 나는 힘껏 웃음치료를 시작한다.

노래를 부르며 얼굴의 경직을 풀어드리고, 체조로 몸을 유연하게 해드리니 어르신들의 얼굴에 화색이 돌기 시작한다. "아하하하하!" 하고 내가 시범을 보이자 모두 잘 따라 하신다. 무감했던 환자들도 오늘은 적극적이다. 그녀의 함박웃음도 눈에 들어왔다. 그 순진무구한 표정이라니!

웃음치료를 하다 문득 그분이 늘 서 있던 자리를 바라본다. 헌데, 그가 중절모를 든 손을 나를 향해 흔들고 있는 게 아닌가?

'선생님, 제 아내 잘 부탁드립니다!'

아지랑이처럼 찾아온 그가 한 발 한 발 하늘 계단을 오르며 웃음을 보내고 있었다.

2

그림이 있는 / 정원

거미가
지키는 집

나는 지은 지 50여 년이 된 낡아빠진 빈집을 갖고 있다.

벌겋게 녹이 핀 철대문을 여니 끼이익 아픈 소리를 낸다. 대번 눈앞을 가로막는 거미줄, 왕방울만 한 거미가 문지기인 양 덤벼든다. 나도 모르게 꺄악! 소리를 지른다. 어떤 보안장 치보다 강력하다. 통로마다 쳐 놓은 큼직한 거미줄들. 아이코! 이렇게 많은 거미를 한꺼번에, 종류별로 만나보기는 생애 처음이다.

내 키를 넘어선 개망초 군집이 잔디밭을 점령했다. 잡초인 주제에 마당의 주인 행세를 한다. 하긴 무슨 잣대로 주인과 객을 나누겠는가. 나무와 덩굴이 뒤엉켜 무엇이 심겨 있는지조차 구분이 안 되는데. 식물들의 흥망성쇠는 여기서도 피고 진다.

뒤틀어진 늙은 향나무들이 무섭게 내려다본다. 고사 직전의 단풍나무가 괴기스러운 기운을 뿜어낸다. 봄에 진달래, 철쭉을 보았는데 지금은 찾기 힘들다. 마구 헝클어진 마당을 한참 넋 놓고 바라보다 보니 이상하게도 마음이 편안해진다. 일일이 손이 가야 하는 마당 가꾸기의 피곤함을 잠시 잊게 한다. 우리가 모르는 그들만의 법칙으로 은밀하게 짜여진 정원. 당당한 그들 앞에 잠시 주눅이 든다.

대낮인데도 풀벌레들이 마음껏 울어댄다. 좀 와 보라고 전화한 옆집 아저씨의 투덜거림을 이해한다. 벌레가 득실거리는 담장을 같이 끼고 있으니 괴로울 만도 하겠다. 거대한 단독 주택들로 채워진 동네 끝자락에 다 무너져가는 조그만 집이라니! 하지만 들어보시라! 키 큰 잡초로 땡볕을 가린 서늘한 마당에 폭포처럼 쏟아지는 시원한 교향악을. 향긋한 커피

한 모금이 아쉽다.

현관까지의 짧은 걸음에도 온갖 씨가 셔츠와 바지에 달라붙는다. 억척스런 그들에게 나는 그저 동물의 한 종류로 인식되는가 보다. 인간이 아무리 자연을 다스린다 해도 그들은 이렇게 조용히 움직이고 있다. 무서운 것들, 집주인도 몰라본다.

폭폭 찌는 계절이건만 집 안이 서늘하다. 2층으로 지어진 이 집은 난방장치의 박물관이다. 마루판을 들춰보면, 나무를 때서 그을린 흔적, 연탄아궁이 자리, 썩은 가마니가 덮여 있는 기름보일러용 쇠파이프, 도시가스용 엑셀 파이프가 서로의 영역을 피해가며 기묘하게 얽혀 있다. 복잡한 인간사를 들여다보는 듯하다. 2층에도 구들장이 깔린 걸 보면, 아마도 나무나 연탄을 지고 층계를 오르내렸던 것 같다. 유난히 많은 창에는 먼지 풀풀거리는 두툼한 커튼이 매달려 있다. 추위를 이기려 했던 일상의 고단함을 읽는다.

지난겨울 이 집이 무너질 뻔했다. 기온이 급강하하면, 수도를 약하게 틀어 놓아야 했는데 깜빡했다. 옆집 아저씨가 창문에 성에가 잔뜩 끼어 있으니 와보라고 했다. 세상에나! 2층에서 터진 수도관 물이 아래층까지 흘러넘쳐 꽁꽁 얼어붙어 있었다.

그 광경이란! 마치 영화 〈닥터 지바고〉에 나오는 겨울별장을 연상케 했다. 천장에는 고풍스러운 고드름이 주렁주렁 열리고, 얼어붙은 층계는 얼음궁전으로 향하는 길처럼 도도했다. 거실과 부엌의 벽은 얼음으로 도배를, 바닥은 스케이트장으로 변했다.

어이가 없으니 오히려 웃음이 나왔다. 헌데 같이 왔던 아들 녀석이 미끄럼을 타며 노래를 부르기 시작했다. 계단을 타고 내려오며 "엄마, 영화의 한 장면 같아요. 멋있어요!" 아들의 철없는 한마디가 순식간에 집안을 동화 속 풍경으로 바꾸어 놓았다.

피하지 못하면 즐기라 했던가. 겨울철 수도 관리도 제대로 못 했다는 지청구 대신, 우리 가족은 깔깔 웃으며 사진을 찍고 미끄럼을 타기 시작했다. 걱정으로 찌그러졌던 내 얼굴도 펴졌다. 우리가 언제 마루에서 얼음지치기 해보겠는가! 고드름에 얼굴을 비춰보았다. 고드름에 엉겨 붙은 입김이 더 차갑게 느껴졌다. 마치 어린 시절로 돌아간 듯 아이들과 고드름을 따서 칼싸움을 했다. 급격한 해동은 오히려 붕괴를 가져올 수 있다는 전문가의 견해에 따라 봄의 전령이 찾아올 때까지 빙판을 사랑하고 즐겼다.

이 집은 몇 해 전 남편의 작업실을 얻으러 다니다 엉뚱하게 마주친 집이었다. 조그마한 잔디밭으로 넘실대는 햇빛에 눈이 멀어 그만 계약을 하고 말았다.

전 주인은 40여 년을 이 집에서 살았다고 했다. 구순의 그분은 암 환자였다. 세상 떠나시기 며칠 전에 당신의 보금자리를 나에게 팔았다. 당시 동네 시세로는 있을 수도 없는 파격적으로 싼 가격이었다.

후에 상속 문제로 싸움이 붙은 할머니와 자식들을 만났다. 할아버지가 절박하게 매매했던 심정을 어렴풋하게 느낄 수 있었다. 집에 대한 애정은 눈곱만큼도 찾아볼 수 없는 가족들, 아직 온기가 남아 있는 터전을 두고 싸우는 그들을 바라보며 무언가 빠진 듯해 마음이 편치 않았다. 나중에 생각해 보니 고인에 대한 추억이라든가, 추모의 말이 없었다. 집안 곳곳에 배어 있던 사연은 또 얼마나 많았을까? 대화를 듣고 있던 나는 목이 타는 듯 갈증을 느꼈다. 가엾은 양반, 얼마나 쓸쓸했을까.

형형한 눈빛의 할아버지. 우리는 아마도 전생에 인연이 있었을 것이다. 한동안은 그분이 내게 이 집을 선물로 남긴 듯한 착각마저 들었다. 아직도 할아버지를 기억하는 이웃들은 나를 유난히 반갑게 반긴다. 그때마다 이유는 모르겠지만, 그분의 눈빛이 떠오른다.

집 살 때 일으킨 융자를 갚는 게 힘들고, 정부의 변덕 많은 부동산 정책에도 내가 이 집을 포기하지 않는 이유는 어쩐지 그래야만 될 것 같은 믿음 때문이다.

햇빛이 집 안 구석구석에 들어와 있다. 바람이 텅 빈 공간을 잔잔히 채우고 있다. 아직은 여유가 되지 않아 비워둔 집. 하지만 때가 되면 저 담부터 헐고 싶다. 누구든지 들어와 마당의 햇볕 속에서 차 한 잔 편하게 마실 수 있도록. 동네 아이들을 위해 책도 좀 갖다 놓으련다. 평지에 있으니 동네 어르신들의 만남의 장소로도 좋겠다. 그동안 외롭게 세워 두었으니 마음이 머무는 곳, 도란도란 이야기꽃이 피어나는 곳으로 바꾸어주고 싶다.

세상을 하직할 때 아무것도 남기지 말고 깨끗하게 가야지 했다. 하지만 어찌 왔다 가는 인생에 흔적이 없겠는가. 서로에게 얽혀져 있는 것이 인간사인걸. 따뜻하게 추억할 수 있는 것을 남기고 가야겠다. 그런 일이 가능해지길 기도하며 대문을 나선다.

사람의 손이 닿지 않아 어설프게 자유로운 공간. 번듯한 집들 사이에 숨어 있는 빈집. 흉하니 빨리 고치라는 원성이 자자하지만, 담장 안쪽은 멋진 꿈이 영그는 왕국이다.

그녀는
왜 웃었을까?

"아버님이 의식이 없으시대요. 의사가 오늘을 넘기기 어렵
다고 하네요. 그래서 지금 다시 병원으로 돌아가고 있어요.
당신도 빨리 서둘러 오세요."

오후의 지하철 안이었다. 다급하고 큰 목소리에 객차 안 사
람들이 약속이나 한 듯 일제히 그녀를 바라보았다. 그녀는 위
독한 시아버님의 상태를 휴대 전화로 알리고 있었다. 40대

중반이나 되었을까. 코가 오뚝하고 목소리만큼이나 이목구비가 또렷한 미인형의 얼굴이었다.

아! 그런데 당연히 울상일 거라 예상했던 얼굴에 함박웃음이 번지고 있었다. 그녀는 밝은 표정을 감추지 못한 채 달리는 객차 안을 좌왕우왕했다. 그녀의 모습은 흡사 무슨 기쁜 소식이라도 들은 양 들떠 보였다. 그녀를 의아하게 주시하는 많은 시선도 감지하지 못한 듯했다.

내가 혹시 잘못 본 건 아닐까? 슬퍼하는 모습이 역으로 저렇게 표현되기도 하나? 아니면 늘 웃는 상이라 그대로 굳어진 걸까? 의구심이 꼬리를 물었다. 나는 그녀에게서 눈을 뗄 수 없었다.

노환으로 누우신 후 오랜 병간호 끝에 돌아가신 시아버님이 떠올랐다. 혼수상태로 계셨던 3일간 온 집안은 눈물바다였다. 나는 쏟아지는 눈물을 참으며 식사를 거부하는 시어머님과 시누이들을 달래야 했다. 나야말로 아무도 없는 곳에 가서 두 다리 쭉 뻗고 앉아 큰 소리로 실컷 울다 오면 원이 없을 것 같았다. 평소처럼 '아부지' 하고 부르면 두 눈을 번쩍 뜨실 것만 같았다. 아버님의 얼굴과 손, 발을 따뜻한 물수건으로 닦아드리며 "아버님, 아무 걱정 마시고 편하게 눈 감으셔요. 그동안 정말 고마웠습니다. 아버님께 잘못한 일 다 용서해주세요." 내 말이 아버님께 전해졌을까? 그 눈물의 시간이 생생하게 다가왔다.

그녀는 왜 웃었을까?

어쩌면 시아버님이 많은 유산을 남겨 상속이라도 받게 되는 걸까? 그렇다면 솔직히 뿌듯하고 든든한 맘에 자신도 모르게 웃음이 나왔을지 모른다. 혹시 백수(白壽)에 가까운 연세였다면 그분의 편안한 영면을 기원하며 절로 마음이 가벼워졌을 수도 있겠다. 한편 죄송하지만, 그녀의 시부는 오랜 식물인간 상태였을까 상상해 보았다. 그렇다면 안락사의 소용돌이에, 그동안 쌓였을 병원비까지 그녀의 어깨도 무거웠으리라. 그 긴 병간호에서 놓여난다는 해방감에 들떴을 수도 있겠다. 사실 얼마나 웃고 싶었겠는가? 마음속 무의식이 자신도 모르게 올라왔으리라. 오히려 너무나 인간적이지 않은가 하고 그녀를 변호해 보았다.

하긴 그 고충은 겪어보지 않았으면 모르는 일이다. 긴 병에 효자 없다고 가족들 간에도 불화를 겪곤 한다. 이런 문제를 해결하고자 정부에선 장기요양보험을 비롯해 노인복지정책을 속속 등장시키고 있다. 하지만 근본적으로 누군가의 봉사와 희생 없이 몸이 불편한 어르신을 돌보기란 불가능하다. 경제적인 부담도 무시할 수 없다. 옛 유교 사상과 현재의 가치관이 충돌하는 사회현상의 틈바구니에서 벗어날 수 있는 며느리가 몇이나 될까? 예쁜 그녀도 그 혼돈의 시간에 휘말렸을 게 분명하다.

요즘 장례식장의 분위기만 떠올려도 그녀의 웃음을 탓할 수만은 없었다. 수명이 길어지다 보니 흔히 호상(好喪)이라 불리는 상가(喪家)가 많아졌다. 어떤 장례식장은 잔칫집을 방불케 했다. 웃는 건 고사하고 심지어 아이들 노래자랑까지 시키는 걸 본 적이 있다. 상주들이 버젓이 화장하고 귀금속 액세서리를 주렁주렁 달고 있기도 했다. 아무리 호상이라지만 선뜻 받아들이기 힘들었다.

우리의 현주소는 65세 이상의 노인이 전체 인구의 13%에 달하는 고령화 사회로 자리매김 중이다. 호상의 주인공이 늘어난 만큼 늙은 자식들이 상가를 지키고 있다. 그곳에서 울고불고하면 흉이라고들 한다. 그렇다면 그 상주들은 웃고 있을까? 아닐 것이다. 부모 잃은 설움이 어디 가겠는가.

그렇다 하더라도 그녀는 왜 하필 지금 웃고 있는 걸까? 아무리 많은 경우의 수를 두어도 모를 일이다. 대나무 숲도, 하다못해 화장실도 아닌 달리는 지하철 객차 안이라는 공개된 장소가 아닌가? 휴대 전화의 특성상 아무도 듣지 못했으리라 생각했다면 오산이었다. 그녀의 웃음은 지켜보던 승객들은 고사하고 그동안 수고를 아끼지 않았을 자신에게조차 미안한 일이라는 생각이 들었다. 죽음 앞에서 잠시라도 숙연해졌으면 하는 바람이 간절하게 다가왔다.

지하철은 무심하게 앞으로 달려갔다. 오늘의 이 시간은 지하철처럼 달려가 잊힐지라도 그녀에게도 뒤돌아보고픈 귀한 시간이 있었으리라. 당장 웃어버린 그녀도 언젠가는 눈물지으며 오늘을 추억하지 않을까? 서운한 마음을 애써 위로해 보았다.

함부로 웃지 말자. 미소조차 감춰야 할 때가 있다. 그것은 동시대에 부모님께 정성을 쏟고 있을 우리네 며느리들의 자존심에 대한 예의가 아닐까?

불 좀
끄시오

"거 좀, 벨 좀 빨랑 눌러주시오!"

"거참! 가만히 좀 계쇼. 내 어련히 알아서 눌러줄까! 저 모퉁이 돌면 눌러줄 낀데! 어지간히도 보채 쌓네!"

"아니, 안 서고 지나가면 어쩔라고 그러요!"

버스 안의 시선이 한 곳으로 모였다. 허리가 바닥에 닿을 듯 꾸부정한 할머니가 또 다른 할머니에게 하차 벨을 대신

눌러 달라고 부탁하는 듯했는데, 이제는 서로 옥신각신하고
있었다.

"지금 누르면 전기가 더 든단 말이오!"

"내 참, 버스 벨 미리 눌렀다고 전기 더 든단 말은 내 머리털
나고 처음 듣네. 쯧쯧……."

전기 낭비된다는 말에 말문이 막혀버린 할머니는 불편한
노구를 이끌고 간신히 하차하며 혼잣말처럼 구시렁댔다.

"요즘 전기료가 얼마나 비싼데! 돈 아까운 줄도 모르는 할
망구네."

손주 선물인지 꽃분홍색 이불을 힘겹게 끌어안고 앉아 있
던 할머니는 차창 밖에 대고 다들 들으란 듯이 목에 힘주어
큰 소리를 내었다.

신혼 시절, 빈방에 불이 켜져 있을라치면 어디선가 바람처
럼 나타나 불을 끄시던 시어머니. 잔소리를 입에 달고 사셨
던 그 시절이 떠올랐다.

"얘야, 불 좀 끄거라!"

"엄니, 형광등을 그렇게 짧게 켰다 껐다 하면 오히려 전기
료가 더 많이 나온대요."

남편의 볼멘소리에 어머니는 눈이 휘둥그레졌다.

"에고, 정말, 그렇대? 미처 몰랐네."

끄덕끄덕 수긍하시는 듯했다. 그러나 며칠 잠잠하던 어머니의 소등에 대한 집착은 그 후에도 계속되었다. 우리 내외가 불을 켜 둔 채 잠시라도 방을 비울라치면 휙 나타나셨다.

"방을 나설 땐 바로바로 불을 꺼야지. 석유 한 방울 안 나는 나라에서 물 쓰듯 하면 되겠냐? 그게 다 아범 호주머니에서 나가는 돈인데! 젊은 애가 벌써부터 그리 건망증이 심해서야 어디 쓰것냐?"

은근히 자식 사랑까지 내세우는 어머니 앞에서 나는 그만 할 말을 잃고 말았다.

결혼 후 시댁에 들어오니, 화장실 한구석을 차지한 반자동 금성 세탁기가 눈에 띄었다. 처음에는 누런빛의 이 커다란 덩치가 무엇인지도 잘 몰랐다. 친정에는 없던 가전제품이요, 그 당시에는 보기 드문 물건이었다. 말로만 듣던 세탁기를 쓰게 된다니! 가슴이 콩닥콩닥 뛰었다. 그러나 다가가 살펴보니 그 녀석은 비닐로 칭칭 야무지게 동여매져 있었다. 어머니는 전기료 많이 나온다며 아예 손도 대지 못하게 하셨다. 날마다 쌓이는 빨래들은 일일이 손세탁을 해야 했다.

어느 날 시고모님이 나들이 오셔서 어머니 허락도 없이 세탁기의 비닐을 벗겨냈다. 시누이들도 응원을 보냈다. 그러자 마지못해 응한 어머니는 이번엔 물을 가지고 엉뚱한 고집을 부리셨다. 물 낭비를 막겠다며 세탁기 호수를 수도에 연결하는 대신 양동이로 물을 길어다 부으라 하셨다. 세탁기 수조는 마치 밑 빠진 독같이 느껴졌고, 오히려 세탁기 시중까지 들게 된 나는 두 손 들고 말았다. 방치해둔 그 세탁기는 제대로 작동 한 번 못하고 어찌 된 일인지 고장이 나고 말았다. 애물단지가 된 세탁기가 아까워서 버리지도 못하고 끙끙대었다. 저녁마다 어깨며 손마디가 저리면 은근히 어머니를 원망하기도 했다.

나중에 형편이 나아지자 전자동 세탁기를 들여놓았다. 저 혼자 척척 빨래를 하는 세탁기가 대견해 몰래 쓰다듬기도 했다. 하지만 눈길도 주지 않으시는 어머니의 반응이 걱정이었다. 아니나 다를까, 어머니는 여전히 손빨래를 주장하셨다. 세탁기 작동법을 알려드리려 해도 외면하셨다. 알고 보니 어머니는 그 물건이 마치 물과 전기를 마구 잡아먹는 징그러운 괴물처럼 느껴져 싫다고 하셨다.

분가한 후 어느 저물녘에 슬며시 시댁에 들렀다. 아이들 웃음이 떠나간 집은 괴괴하게 느껴졌다. 일찍 저녁을 드신 시부모님은 안방의 텔레비전만 켜 둔 채 빈집처럼 앉아 계셨다. 마치 커다란 관 속에 두 분이 들어앉아 계신 것처럼 섬뜩하게 느껴졌다. 내가 들어서자 화들짝 놀라시며 황급히 불을 켜셨다.

"왜 이렇게 깜깜하게 하고 계셔요?"

"둘만 있는 집에 무슨 큰일 났다고 불을 환하게 켜 놓니. 애들이나 있으면 모를까! 괜한 걱정 말아라. 암시랑도 않다."

괜스레 계면쩍어 허둥대시던 모습이 지금도 생생하게 눈에 밟혀 온다.

108년 만의 무더위가 몰려온 여름이었다. 가만히 서 있어도 숨통이 막힐 것만 같았다. 에어컨을 온종일 가동해도 역부족이었다. 물 쓰듯 써 재낀 탓에 전기료 폭탄이 걱정되어 슬그머니 통장 잔액을 확인하기도 했다.

그즈음 서민들의 원성이 잦아지자 정부는 두 달간 가정용 전기요금 누진세를 조정했다. 그러나 실질적인 혜택은 체감하기 힘들었다. 더위는 슬그머니 꼬리를 내렸건만 새삼 가슴이 타들어 갔다. 어머니가 계셨더라면 지청구에 지쳐 이마의 주름이 더 깊어지셨을 것이다.

"땅을 파 봐라. 돈이 나오나, 밥이 나오나. 제발 불 좀 끄고 아껴 써라."

시어머니 목소리가 환청처럼 들려오는 듯했다.

지금은 어머니 대신 남편이 각 방의 불을 부리나케 끄고 다닌다. 그때마다 투덜거리는 아들과 딸의 원성도 장단을 맞추듯 터져 나온다.

"아빠, 언제 오셔서 번개처럼 불을 끄셨어요! 잠깐 화장실 갔다 온 건데!"

"인마! 방 비울 때는 불도 좀 비워줄래? 우리가 무슨 석유 재벌이냐!"

좁쌀영감이 다 되었다. 남편은 이제 어머니보다 한술 더 뜬다. 나도 이에 질세라 한소리 거든다.

"애들아, 불 좀 바로바로 꺼라, 이게 다 네 아빠 호주머니에서 나오는 거야. 자꾸 잊어버리지 말고 제발 전기 좀 아껴 쓰자!"

나도 어느새 어머니의 말투를 똑 닮아가고 있었다.

그녀의 선택

종합병원 응급실에 긴박한 기운이 감돌았다. 새벽 3시. 지난밤 발목이 골절되어 입원한 딸이 부스스 눈을 떴다. 부산한 발걸음 소리와 함께 119 대원이 한 남자를 소생실로 옮기고 있었다.

그는 취침 중 뇌출혈을 일으킨 환자였다. 의사는 뇌의 상당 부분에 피가 고여 있어 뇌 손상이 불가피하다고 했다. 당장 수술한다 해도 식물인간이 될 확률이 높단다.

"수술하지 않으면요?"

아내인 듯한 50대 여인이 울음 섞인 음성으로 물었다.

"혈압이 높고 맥박도 약해 오래 버티지 못하실 것 같습니다. 빨리 결정하셔야 합니다."

담당 의사의 긴박한 음성으로 보아 환자의 상태를 직감할 수 있었다.

"나는 감당할 자신이 없어요."

여인은 넋두리처럼 같은 말을 되풀이했다. 연전에 위암 수술을 했던 남편이란다. 이제 그가 식물인간이 된다면 또 그 병구완을 어찌한단 말인가. 그녀는 마치 자기 자신에게 변명하는 듯했다. 흐느끼는 그녀가 안쓰러웠다. 환자의 생명은 그녀의 선택을 기다리며 촌각을 다투고 있었다. 마침내 환자는 수술실 대신 중환자실로 옮겨졌다. 과연 그분의 운명은 어찌 되는 걸까. 안타까움이 밀려왔다. 그녀가 한 선택은 과연 옳은 것일까.

나라면 어떻게 했을까? 나의 30대를 온통 잿빛으로 물들였던 지난 시간이 주마등처럼 스쳐 지나갔다.

친정아버지는 꼬박 8년 동안 심부전증을 앓다 가셨다. 한

번 들어온 병마는 끝내 아버지를 떠나지 않았다.

제발 참지 마시고 아프다 싶으면 미리 말씀하라고 신신당부했건만 아버지는 늘 고통이 위험 수위에 이르는 새벽녘에야 식구들을 깨우셨다.

"왜 진작에 아프단 말을 못하고 참고 있었어요?"

어머니의 잔소리에도 묵묵부답이던 아버지가 병원비 걱정에 그랬다는 걸 나중에야 알게 되었다. 생살에 소금을 뿌린 듯 가슴이 쓰리고 아팠다. 일주일이 멀다고 응급실을 드나드셨으니 그 고통은 상상을 넘어서고 있었다. 응급실의 그 새벽이 지금도 기억에 선하다.

아버지의 임종을 준비하라는 의사의 권고가 10여 차례나 되풀이되었다. 처음 통보받았을 땐 살려달라고 매달리며 엉엉 울었다. 그때부터 의사의 말이라면 하늘처럼 믿고 따랐다. 팥으로 메주를 쑤라면 그렇게 했을 것이다. 가족들의 지극정성 덕인지 아버지는 기적처럼 소생하곤 했다.

그럼에도 병세는 점점 더 악화되었다. 긴 간병에 어머니마저 앓아누우셨다. 나 역시 점점 지쳐갔다. 막내 여동생의 결혼식 전날 아버지는 응급실로 또 옮겨졌고, 그때 어렴풋이 아버지의 마지막을 읽었다. 어쩌면 아버지는 막내딸 결혼식까지 억지로 버티신 건 아닐까? 새로 장만한 아버지의 예복이 한스럽게 느껴졌다.

혼수상태가 되신 아버지는 중환자실로 옮겨졌다. 심한 죄책감이 밀려왔다. 줄줄이 어린 동생들의 교육이 걱정이었던 아버지는 백지장도 맞들면 낫다며 맏딸인 내게 의지하려 했었다. 그런 심정을 미처 헤아리지 못하고 나는 사랑에 눈이 멀어 일찍 결혼했다. 박봉에 시달렸던 가장은 야멸찬 딸을 원망도 못하고 얼마나 외로우셨을까. 그 마음을 겨우 알게 되었는데 위로의 말 한마디 제대로 전하지 못한 채 그분을 떠나보내야 할 처지에 놓였다. 그냥 이런 상태일지라도 살아만 계셨으면! 얼마나 기도를 했던가. 그러나 이미 죽음의 강을 건너고 있는 아버지를 붙잡지 못했다.

미국에 이민 간 남동생이 임종만은 꼭 지켜보게 해달라는 부탁을 남겼다. 외아들인 그의 소원을 들어주고 싶었다. 의사와 상의하여 이미 사선을 넘은 아버지께 기계식 호흡 장치를 주렁주렁 매달았다. 남동생이 당도하기까지 꼬박 하루 동안 아버지의 생명은 인위적으로 연장되었다. 마침내 아들이 아버지의 손을 꼭 잡자 의사는 모든 의료기계를 멈추고 비로소 돌아가셨음을 알렸다. 순간 나를 감싸고 있던 울타리가 폭삭 무너지는 환영을 보았다.

가족이 함께 임종을 모시게 된 것은 고마운 일이었지만, 이 물질을 가득 달고 계셨던 그 모습은 두고두고 나를 괴롭혔다. 최선이라 여겼던 것이 이렇게 불경으로 남게 될 줄 그때는 미처 몰랐었다. 나의 선택은 과연 옳은 것이었을까?

죽음은 신의 영역으로 들어서는 가장 성스러운 경로일지도 모른다. 인간인 내가 그 찰나에 감히 신의 판단에 참견했었다. 아주 먼 미래에 아버지를 뵙는 날, 내가 한 죄송한 일을 모두 여쭙고 용서를 빌어야겠다.

딸이 아프지 않았다면 다시 떠올리기도 싫었던 응급실이었다. 오늘따라 아버지가 너무나 보고 싶다. 딸아이를 일반 병실로 옮기려고 수속을 밟는 사이 119 구급대의 사이렌 소리가 또 요란하다. 또 응급환자가 도착했나 보다.

희망을 품은 간절한 기도 소리가 들려오는 듯하다. 환자와 보호자 모두를 위한 진정 후회 없는 선택이 함께하길 소망해본다.

이 죽일 놈의
지방종

A 대학 병원으로부터 입원 통보가 왔다. 고놈을 빨리 떼어
내야 개운할 것 같다며 얼마나 가슴을 졸였던가! 기다렸던
일이건만 느닷없이 연락을 받으니 가슴이 철렁 내려앉았다.

얼마 전 허리 근처에 말랑한 이물질이 생겼다. 불쑥 돌출한
모양새인데 통증이 없어 오랫동안 무심했다. 어느 날 한 친
구가 지방종을 떼어냈다며 손등을 보여주었다. 지방종이 생

기는 곳은 저마다 달랐고 특정 부위에 국한된 증상도 아니란다. 그럼 내 옆구리에 있는 요놈도 지방종인가? 하는 의구심이 들었다. 친구의 채근에 동네 의원을 찾았다. 예상이 들어맞았다.

"여기서는 수술이 안 되니 큰 병원에 가셔야겠네요."

의사는 진료소견서를 작성해주며 서두르라고 겁을 주었다. 대학 병원이라니! 예상도 못한 일이었다.

나를 진료한 대학 병원 의사는 암 수술 전문의였다. 그는 이렇게 커질 때까지 왜 그냥 두었냐며 혀를 찼다. 검사 결과 너무 오래 방치하여 뿌리 부분이 종양으로 변형될 우려가 있었다. 전신마취 수술 진단이 떨어졌다. 일주일 정도 입원치료를 받아야 한단다. 생명에는 지장이 없으니 급한 환자에게 양보하라 해서 차일피일 순서가 미뤄졌다. 진단 후 8개월여 만에 덜컥 온 연락이었다.

무엇부터 어떻게 준비를 해야 하나? 간단한 수술이라는데도 정신이 멍해졌다. 큰 수술을 받는 이들도 있는데 천만다행이라며 남편이 등을 툭 쳤다.

당장 집 비울 동안을 생각하니 매일 하던 집안일이 새롭게 보였다. 우선 청소부터 시작했다. 화장실을 닦고, 청소기를 돌리고, 장롱 밑의 먼지까지 쓸어냈다. 다시는 청소 못 할 사람처럼, 마치 이게 마지막이라도 된다는 듯이 나도 모르게 열심이었다. 하다 보니 만감이 교차했다. 땀이 비 오듯 흘러내렸다.

화초에 물을 주며 미안하다 사과했다. 새순을 쏙쏙 내밀고 인사하는 녀석들과 눈을 마주치고, 곁에 한가로이 앉아 예쁘다 한마디 못 한 게 괜히 서러웠다.

국을 끓이고, 멸치를 볶았다. 김치까지 먹기 좋게 썰어 냉장고에 넣다가 문득 "도와드릴 것 없어요?" 하며 동동거리는 자식들을 바라보았다. 나 아니면 안 된다고 믿고 밀어붙인 세월이 무색했다. 아무것도 아닌 것을, 정말로.

무심코 내 손을 바라보다 친정엄마의 쭈글쭈글하고 거칠거칠한 손이 떠올랐다. 무엇이든 다 해결해줄 것 같은 그 따뜻한 손이 사무치게 보고 싶었다. 가슴속의 두려움은 말 안 해도 다 알고 계시리라. 늘 한결같은 시선으로 지켜보고 계신데 나는 어디에 한눈을 팔고 살아왔을까.

묵은 쓰레기를 버리려고 아파트 마당으로 내려섰다. 가슴팍으로 코발트 빛 하늘이 확 달려들었다. 정신이 번쩍 났다. 한 올 한 올 엮어온 시간들. 이렇게 말끔히 정리하고 훌훌히 다음 생으로 달려갈 수 있을까? 종착역을 맞이하기 전에 그런 축복의 시간이 주어진다면 참으로 좋으련만.

문득 고향처럼 그리운 한 분이 떠올랐다. 강가에 펼쳐진 연밭을 그윽한 눈빛으로 즐겨 바라보시던 어르신이었다. 친구의 아버지인 그분을 일전에 찾아뵈었다. 강건하셨던 분이 전보다 많이 수척해진 모습에 놀라 여쭈니 대답 대신 "올해가 며칠 남았니?" 하신다. 친구는 강둑을 걸으며 속내를 털어놓았다.

미수(米壽)를 바라보는 그분은 친환경 농업을 주창하셨던 선각자로 그 공을 인정받아 훈장까지 받았다. 가르침을 받고자 각지에서 발걸음이 끊이지 않았건만 이제 이를 모두 물리셨다. 평생 욕심 없이 허허롭게 사셨던 분이다. 이제 살 만큼 살았다며 마치 스스로 죽을 날짜를 정한 사람처럼 주변을 정리하셨다. 최근에는 식사 양까지 줄이고 있단다. 스님들이 열반에 들기 전에 그리한다는 말은 들었지만, 불교도도 아닌 분이 그를 실행하고 있었다.

아버지의 성품을 잘 알고 있는 친구는 친척들의 성화를 무릅쓰고 당신의 의지를 묵묵히 따르고 있었다.

"네 인생이니 네 뜻대로 하거라!"

이 말씀 하나로 자녀들을 키우신 분이었다.

"그래도 아직 모닝커피는 꼭 챙겨 드셔."

하얗게 웃는 친구의 모습이 점점 아버지를 닮아가고 있었다.

나는 연잎 사이로 숨바꼭질하는 오리를 한가롭게 바라보고 계신 어르신께 다가갔다.

"날씨가 쌀쌀해지니 집으로 들어가시죠."

"괜찮다."

어르신은 빙그레 웃고 계셨다. 친구가 담요를 덮어드렸다.

"너희들도 여기 가만히 앉아서 저 오리들 노니는 모습 좀 보렴. 너무 기뻐서 가슴이 엄청 두근거리네."

주름진 얼굴에 환희가 가득 고여 있었다. 함께 앉아 묵묵히 같은 곳을 바라보았다. 마치 많은 이야기를 듣고 있는 듯했다. 강에 윤슬이 넓게 번지고 있었다.

그날의 햇살이 다시 생생하게 떠올랐다. 순간 나는 한없이 작고 초라한 느낌이 들었다. 바람이 맴을 돌며 낙엽을 휩쓸고 다녔다. 우선 이 바람부터 피하라고, 현재를 불안한 내일에 저당 잡히지 말라고 우두커니 서 있는 나를 흔들었다.

나의 설왕설래를 지켜보던 딸은 이 녀석에게 TV 드라마 제목을 따서 '이 죽일 놈의 지방종'이라 명명했다. 느닷없이 찾아와 10여 년을 함께 산 불청객. 먼저 죽을 운명에 처한 녀석이 내 오만했던 삶에 항복을 받아내고 있었다. 이놈은 아무리 생각해도 정말 죽일 놈이다!

또 다른 '죽일 놈'들이 나를 흔들기 전에 이제 내가 먼저 선수를 쳐야겠다. 마지막 날에 '우물쭈물하다 내 이렇게 될 줄 알았다'며 후회하지 않도록.

무스코카의
그 노인

"으하하하핫! 킬킬낄낄~ 아하하하하하!"

피터의 기괴한 웃음소리가 호수의 물살을 가르는 듯했다. 잔잔했던 호수가 그 소리에 놀란 양 갑자기 요동쳤다. 삽시간에 일어난 큰 파도가 크르릉 소리를 내며 요트를 향해 돌진해왔다. 그가 무슨 요술이라도 부린 걸까? 눈앞이 깜깜했다. 헌데 피터는 피하기는커녕 파도를 향해 요트를 몰고 전속력으로 달려드는 게 아닌가! 아이고! 이제 영락없이 죽는구나! 나는 요트 난간에 온 힘을 다해 매달렸다. 하지만 그는 파도와 만나는 정점에서 노련하게 살짝 방향을 틀었다. 아이코! 쏟아지는 물벼락! 흠뻑 젖은 몸을 추스를 사이도 없이 다시 공략해 오는 파도들. 요트에 탄 일행이 아우성쳤다. 이에 아랑곳없다는 듯 피터의 폭풍 운전은 계속되었고 우리는 정신줄을 놓을 지경이 되었다. 허나, 정작 운전하고 있는 피터 자신에겐 물방울 하나 튀지 않았고 평형조차 잃지 않고 있었다.

무엇이 그리 즐거운 걸까? 이런 상황에서도 그치지 않는 그의 웃음소리, 귀가 아팠다. 누구보다도 이 호수를 잘 알고 있을 그가 아닌가! 눈까지 치켜뜨며 점점 강도를 높이는데 이 노인, 혹시 악마가 아닐까? 멈추지 않는 롤러코스터! 하늘이 노래졌다. 나는 조난에 대비해 의지할 만한 버팀목을 찾느라 필사적이었다. 이국 만 리 캐나다, 무스코카의 조셉 호수에서 수평선을 바라보며 조용히 낚시하는 근사한 상상을 했건만, 이 바다처럼 너른 호수에 어이없이 수장될 위기에 처하고 말았다. 그럼 그렇지. 내 복에 그 무슨 터무니없는 꿈이었던가.

간신히 그와 눈이 마주쳤다. 늙은 악동은 갑자기 정신이 돌아온 듯 어디 불편하냐고 물었다. 순간 그가 구세주처럼 보이는 건 또 무슨 마음인가? 보디랭귀지를 총동원하여 돌아가자고 애원하다시피 하였다. 나를 바라보던 그는 갑자기 순하디순한 눈이 되었고 느긋한 표정까지 지었다. 은발에 헤밍웨이 소설가를 흉내 낸 듯한 수염이 인상적이었다. 그림에서 보았던 인자한 노인 모습의 전형인 첫인상으로 돌아왔다. 그의 변화무쌍한 모습이 돌변할까 봐 조마조마했다. 다른 일행들도 탁구공처럼 튀는 그의 마음을 살피며 전전긍긍 한마디씩 도왔다. 끄떡끄떡하며 그는 드리웠던 낚싯줄을 거두기 시작했다. 그 와중에도 숭어 한 마리가 필연의 장난처럼 낚싯줄 끝에 애처롭게 걸려 있었다.

노인은 스피드광이었다. 이번에는 우리를 억지로 차에 몰아넣더니 마구 내달리기 시작하였다. 코너에서도 결코 속도를 줄이는 법이 없었다. 그와 함께 있기만 하면 생명의 위협을 느끼는 이 묘한 초대를 무조건 감수해야만 하는 것일까? 가슴속이 서늘해졌다. 휘익~ 차를 스치고 지나가는 여우! 커다란 셔틀랜드 섞종의 개가 짖어대며 숲을 질주한다. 우리 일행은 마치 공포영화의 주인공이 된 것 같았다.

대낮인데도 뿌연 안개에 휘감긴 어스름한 숲속에 휘트니 휴스턴이 주연한 영화 〈보디가드(The Bodyguard)〉의 별장을 닮은 집이 있었다. 의자가 놓여 있는 넓은 베란다, 그 계단 밑에는 수평선이 아득한 호수가 펼쳐져 있었고, 선착장엔 두 척의 요트가 닻을 내리고 있었다. 침실에 들어섰다. 침대에 누우니 수평선이 눈높이에 있었다. 아! 하루만 묵어도 근심 걱정이 다 날아갈 것 같은 풍광이었다. 세상 부러울 게 무에 있으랴! 억만장자라는 집주인. 그러나 70세의 피터는 개와 단둘이 살고 있었다.

쾅쾅쾅~ 오디오가 엄청나게 큰 소리를 내었다. 덕분에 집안 어디서건 심지어 숲속에서도 음악을 들을 수 있었다. 클래식도 이쯤 되면 공해에 가까웠다. 그는 너무나 적적했던 걸까? 우리의 요청에도 볼륨을 내리지 않고 도리어 화를 냈다. 마치 음악을 이해 못하는 문외한 대하듯 했다. 이토록 배려 없는 고집은 무슨 연유일까? 남의 고통을 모르는 척하는 행태는 어쩌면 자기 자신을 학대하는 것과 같은 맥락처럼 느껴졌다.

30여 년 전 캐나다에 이민 간 남편의 친구는 골프클럽에서 만난 피터와 오랫동안 같이 운동했지만, 별장 초대는 처음이라고 했다. 한국에서 온 친구를 무척 환영한다고 했다. 초대자의 변덕스러운 태도에 우리를 데리고 간 친구는 미안해서 안절부절못했다.

어둠이 내린 거실 지붕의 창을 여니 별이 쏟아졌다. 남자들은 테이블에 둘러앉아 포커를 쳤고, 부인들은 차를 마셨다. 이 평화로운 분위기를 깨는 것은 여전히 그의 광란에 가까운 웃음이었다. 그는 포커에서 이겨도 웃고, 져도 웃었다.

노인은 워낙 스포츠광이라 못하는 운동이 없었고, 안 해본 운동도 없었다는데, 지금은 낚시와 조개 수집을 광적으로 하고 있단다. 집안 곳곳에 전리품처럼 물고기박제와 조개껍데기들이 반들반들하게 잘 정리되어 있었다. 의외로 곱살 맞은 부분도 있었다. 무엇이든 광적으로 빠져드는 독특한 정신세계를 가진, 잡기나마 몰두하지 않고는 못 배기는 그가 공허하게 보였다.

세 번의 결혼과 이혼을 했다는 그였다. 그래서인지 사람을 특히 여자를 믿지 않는단다. 배신감이 그를 이토록 비정하게 만든 걸까? 손님을 대하는 태도로 보건대 그는 화증을 조절하는 기능이 부족한 듯했다.

까다롭게 보이는 마름모꼴 그의 눈에는 아직도 호기심이 가득 고여 있었다. 싫다고 하면서 놓지도 못하는 세상을 향해 자신을 알아 달라고 고함치듯 웃고 있었다. 마치 일부러 잘못을 저질러 놓고 엄마가 혼내주길 기다리는 아이 같은 눈빛이었다.

문득 그의 무의식 저변에 카잔차키스의 소설 『그리스인 조르바』의 주인공 조르바처럼 자유로운 영혼이 깃들어 있을지 모른다는 생각이 들었다. 그에게 삶이란 어쩌면 한바탕의 춤과 같은 것은 아닐는지. 그가 보여준 모습들을 화증이라 했던 해석은 혹시 나의 내면에서 일어난 선입견은 아니었을까? 이런 생각에 이르자 새삼 그 노인이 다르게 보이기 시작했다.

뜬금없이 차곡차곡 쌓아 놓은 비디오 중 하나를 틀어주었다. 자신이 찍어온 여행지 사진을 아들이 정리해주었단다. 어디에도 아들의 모습이나 가족의 모습은 보이지 않았지만, 자랑이 줄을 잇는 데서 아들이 편집한 작품에 감탄해주길 바라는 아버지의 마음이 읽혔다. 혼자서도 잘 산다며 온종일 온몸으로 외쳐온 피터에게 전혀 기대하지 못했던 따뜻한 마음이었다.

칠흑 같은 어둠이 호수에 내렸다. 사방천지 분간할 수 없는 어둠. 처음 만나는 진한 어둠이었다. 오랫동안 어둠에 안겨 있다 보니 이상하게도 나를 푸근하게 감싸는 기운이 느껴졌다. 마치 오랜 친구를 만난 듯 편안한 기분이 들었다. 사방

어둠에 갇힌 거실에서 그가 잠 못 이루고 음악을 듣고 있었다. 무엇을 생각하는 걸까? 많은 것을 가졌다는 그는 혹시 그만큼의 외로움을 쌓아둔 것은 아닐는지.

공주는
잠 못 이루고

겨울밤 10시 30분. 한적한 도로 위에 10여 대의 차량이 좌회전 신호를 기다리며 정지해 있었다. 차창 밖에 보름 맞은 달이 적막하게 떠 있었다. 먼 길 달려온 나는 졸음을 쫓으려고 살짝 유리문을 내렸다.

갑자기 음악 소리가 들렸다. 누가 이 야심한 밤에 이렇게 크게 음악을 틀었을까? 돌아보니 바로 옆 차선에서 나는 소리였다. 아! 그러나 그건 오디오 소리가 아니었다. 자그마한 다마스 차종 운전자가 창문을 내리고 아리아를 부르고 있었다!

졸음이 확 달아났다. 나도 모르게 유리문을 활짝 내리고 자동차를 가깝게 이동했다. 그는 조그맣게 배경음악을 틀어 놓고 푸치니의 오페라 〈투란도트〉 아리아 중 '공주는 잠 못 이루고'를 부르고 있었다.

밤하늘에 메아리치는 낭랑한 아리아! 그는 마치 큰 무대에라도 선 듯 혼신을 다해 노래했다. 그 청아하면서도 울림 깊은 음색이라니!

Nessun dorma!

Nessun dorma!

Tu pure, o Principessa,

Nella tua fredda stanza,

Guardi le stelle che tremano d'amore

E di speranza.

Ma il mio mistero è chiuso in me

Il nome mio nessun saprà, no, no,

Sulla tua bocca lo dirò

Quando la luce splenderà!

Ed il mio bacio scioglierà il silenzio che ti fa mia!

Dilegua, o notte, tramontate stelle!

All'alba vincerò, vincerò!

(아무도 잠들지 말라!/ 아무도 잠들지 말라!/ 공주, 그대 역시/ 그대의 차가운 방에서/ 사랑의 희망에 떨고 있는/ 저 별을 보는구나./ 그러나 나의 비밀은 내게 있으니/ 내 이름은 아무도 알 수 없으리./ 아니, 빛이 퍼져갈 때/ 내가 그대의 입에 말하리라./ 그리고 침묵을 깨는 입맞춤이 그대를 나의 것으로 만들지니/ 밤이여 밝아오라, 별이여 사라져라!/ 나의 승리여, 승리여!)

가슴이 너무 뛰어 숨이 멎을 것만 같았다. 주위의 소음이 일순 멈춘 듯했다. 어느새 다른 차들의 창문도 내려져 있었다. 이 밤, 우리는 무슨 인연으로 이 길에 멈춰 서서 그의 노래를 듣게 된 걸까! 깜짝 관객이 된 그들과 나는 감동의 눈길을 서로 나누었다.

살짝 엿보니 노래 부르고 있는 주인공은 갈색 작업복을 입은 곱슬머리의 젊은이였다. 'ㅇㅇ 인테리어 디자인'이라고 크게 써 붙인 차를 운전하는 청년, 혹시 오페라 가수 지망생이 아닐까? 그는 도로를 무대로, 우리를 관객 삼아 즉석 연주회를 열고 있었다.

짧은 정차 시간까지 아껴가며 짬짬이 연마하는 그는 미미하게나마 이렇게라도 자신의 존재를 알리고 있는 걸까? 뜬금없이 가슴이 짠해졌다. 왜 하필이면 〈공주는 잠 못 이루고〉인가. 어쩌면 그도 혹시 폴 포츠(Paul Potts)와 같은 성공을 꿈꾸고 있는 건 아닐까?

2007년 6월 17일 '브리튼즈 갓 탤런트(Britain's Got Talent)' 대회에 출연했던 폴 포츠. 37세의 그는 당시 휴대전화 판매원이었다.

무대에 선 폴 포츠는 허름한 정장에 불룩하게 튀어나온 배, 부러진 앞니, 자신감 없어 보이는 표정과 어눌한 말투, 잔뜩 긴장해 뻣뻣하게 경직된 모습이었다. 그런 그에게서 흘러나온 청아한 음색과 열정적인 노래는 전혀 예상치 못한 감동이었다. 관객들과 심사위원들은 일제히 환호와 기립박수로 찬사를 보냈다.

그때 부른 노래가 바로 〈공주는 잠 못 이루고〉이다. 나도 인터넷을 통해 그 영상을 몇 번이나 반복해서 보았다. 외모와

전혀 매치가 안 되는 그 아름다운 울림을 들을 때마다 가슴이 찡해지곤 했다. 전 세계 누리꾼들의 폭발적인 감동의 물결 덕분에 그는 드디어 꿈에 그리던 오페라 가수가 됐다. 많은 음반을 낸 건 물론이고, 그의 이야기를 담은 영화가 제작되고, 책도 출간되었다.

폴 포츠는 이제 전 세계로 초청 공연을 다니고 있다. 그는 우리나라를 좋아한다고 했다. 여러 번 내한공연을 했으며, 드라마 〈선덕여왕〉의 OST에도 참여하고, 각종 음악프로그램과 행사에 초대되는 등 지속적인 인기를 누리고 있다. 그는 인생 역전의 대명사가 되었다.

세상에는 폴 포츠보다 잘생기고 노래 잘하는 가수들도 많다. 그런데 사람들은 왜 그에게 그토록 열광하는 걸까? 아마도 그건 '꿈'을 향한 그의 열정 때문이리라.

못생긴 외모 탓에 왕따가 되었고, 교통사고, 종양 수술, 오페라 회사들의 문전 박대 등 수많은 고통 속에서도 끝까지 노래를 포기하지 않았던 그는 '언젠가 나에게도 절호의 기회가 오리라'는 희망을 품고 있었다. 일하는 짬짬이 독학으로 노래 연습을 쉬지 않고 했다. 이 노력파에게 쏟아진 행운은 결코 우연이 아닌 듯했다.

우리나라에도 폴 포츠 붐을 타고 스타 탄생을 꿈꾸게 하는 TV 프로그램이 많이 제작되고 있다. M-net의 〈슈퍼스타K〉, SBS의 〈K팝스타〉 등의 신인 발굴 프로그램이 양산되었고, 일반인들의 참여도나 시청률도 높다고 한다.

세계적인 가수 엘비스 프레슬리도 전직이 트럭 기사였다. 잠시 극적인 상상을 해본다. 트럭과 다마스, 엘비스와 청년, 그리고 폴 포츠. 어쩌면 TV를 통해 이 젊은이를 다시 보게 될지도 모를 일이다. 그때를 대비해 그의 곱슬머리를 꼭 기억해두리라.

신호등이 초록빛 화살표로 바뀌자 관객들은 뿔뿔이 흩어졌다. 나는 차가운 바람에 몸을 떨면서도 창문을 올리지 않았다. 그의 노랫소리가 허공에 나부끼며 오래도록 내 귀를 붙잡았다. 얼음공주를 녹였던 그 아리아는 어느새 내 가슴까지 녹이고 있었다.

새해 벽두에 찾아온 이 감미로운 운율이 또 하나의 시작을 알리는 메시지처럼 느껴졌다. 문득 운명론의 감옥에 갇혀 있던 나를 되돌아보았다. 젊은 날 밤새 일기장을 빼곡히 메웠던 그 찬란했던 미래는 다 어디로 사라졌을까? 나는 그 꿈들을 이루기 위해 과연 무엇을 했던가.

사람은 꿈을 먹고 산다고 했다. 기회와 행운은 활짝 가슴을 열고 아직도 나를 기다리고 있을까? 나는 한 번이라도 제대로 꿈을 꾼 적이 있었을까? 저토록 치열한 그들이 있지 않은가! 그렇다면 나에게도 새로운 희망을 품을 기회가 혹시 남아 있을지도 모른다. 그 밤 나는 오페라의 '공주'처럼 잠 못 이루었다.

그림이 있는
정원

입으로 그림을 그리는 화가가 있다.

1987년 대학 2학년 때 우연한 사고로 경추를 다친 그는 하루아침에 전신이 마비되었다. 움직일 수 있는 기관은 얼굴 뿐이었다. 이런 절망적인 상황에서 아이러니하게도 화가가 되고 싶었던 어릴 적 꿈이 꿈틀거렸다. 그는 입에 붓을 물었다. 구필화가 임형재. 그는 1998년 세계구족화가로 다시 태어났다.

우연한 계기로 그의 요철 심한 생을 알게 된 나는 그가 그린 그림들이 궁금해졌다. 충청남도 광천의 '그림이 있는 정원' 수목원으로 향했다. 서울에서 자동차로 두 시간 남짓 달렸을까? 소나무들이 빼곡하게 들어선 언덕 위에 그림처럼 서 있는 하얀 갤러리를 만날 수 있었다.

잿빛 선으로 세밀 묘사한 뿌리들이 마치 가는 혈맥처럼 보였다. 목마른 이 캔버스에 툭 하고 물을 떨어뜨린다면? 어찌나 생생한 실감을 주는지 그림 속 나무가 화폭을 찢고 걸어 나올 것만 같았다. 갤러리에 장애의 그림자는 없었다.

한 그림 앞에 멈춰 섰다. 〈가족이 있는풍경〉(120×70cm -종이, 수채)이란 제목이 눈에 띄었다. 부모님과 가족들의 모습을 소나무로 표현했단다. 다복한 가족사진을 보는 듯했다. 자세히 보니 맨 뒤에 작은 나무 두 그루가 수줍게 숨어 있었다. 화가 자신과 상상 속의 애인을 살짝 그려 넣은 것이라고 큐레이터가 귀띔해주었다. 아! 탄식이 절로 나왔다. 그는 피어보지도 못하고 꺾인 청춘이 아닌가! 나는 왜 지레짐작으로 그의 가슴이 세상에 대한 울분으로 꽁꽁 얼어붙었을 거라 상상했을까? 햇살 가득한 그림 앞에 오랫동안 서 있었다. 사랑의 메시지가 술렁대는 듯했다. 이 그림은 연하카드로 발행되어 지구촌 곳곳으로 배달되었다. 그는 이미 대한민국 미술대전에 두 번이나 입선해 화단에 화제를 뿌린 바 있다. 그의 그림들은 점차 세상 속으로 걸어 나가 빛 속에 당당하게 내걸리게 되었다.

나는 그의 그림들을 완상하는 동안, 색깔별로 각각 다른 촉감 즉 '손가락의 느낌'을 기억해 그린다는 미국의 시각장애인 화가 존 브램블리트와 '다섯 살 감성을 지닌 청년작가'라고 불리며 천진난만한 예술세계를 펼치고 있는 지적 장애 화가 데니스 한 등 장애를 극복한 이들의 파란만장한 생애를 떠올렸다. 위대한 예술혼 앞에 장애는 혹시 불편함 정도가 아닐까 하는 의구심마저 들게 했다.

그의 그림의 주 소재는 나무였다. 그는 왜 하고많은 소재 중에 나무를 즐겨 그리는 것일까? 나는 그것이 못내 궁금했지만, 수목원을 돌아보며 그 궁금증의 일단을 풀 수 있었다.

화가의 아버지는 아들의 창밖에 나무를 심었다. 아들의 불행이 당신 탓인 것만 같아 자책감에 잠을 이룰 수 없었다. 실 오라기만 한 희망일지라도 매달리고 싶었다. 평생 붙박이로 살아가는 나무가 해마다 새로 태어나는 신비의 생명체라는 것을 알게 된 후, 그 기약할 수 없는 미래에 대한 두려움을 나무를 심으며 달랬다. 점차 시간은 불치의 마음에 꽃을 피우고 치유를 낳았다. 부자간의 마음이 통했던 것일까. 아들은 온 힘을 다해 그림을 그리기 시작했다. 절박했던 부정(父情)은 하루하루 자리를 넓혀 마침내 3만 평의 거대한 수목원을 일궜다. 수목원은 수려함을 인정받아 홍성 8경 중 4경으로 불리고 있단다.

한겨울에도 바쁜 일손이 있었으니 백발이 성성한 아버지였다. 그는 사다리 위에서 전지를 하고 있었다. 소나무의 맵시를 잡는 중이란다. 곁가지를 제거해야 큰 나무로 충실하게 자랄 수 있단다. 강건한 손놀림에 굳은 믿음이 실려 있었다. 수목원의 주종이 적송인 것 또한 우연이 아닌 듯했다.

광활하게 펼쳐진 수목원 저 안쪽으로부터 청정한 바람이 불어왔다. 산수화에서 금방 튀어나온 듯 풍채 좋은 소나무들이 굽이굽이 나를 반겼다. 그런데 그 수려한 나무들 중에 특이한 형상을 한 소나무 하나가 자꾸만 눈길을 끌었다.

가까이 가서 보니 속이 비어 있는 소나무였다. 이 녀석은 커다란 바위에 뿌리를 내리고 있었다. 불구의 형상을 한 소나무가 괴기스럽게 느껴졌다. 속이 빈 소나무라! 대나무도 아닌

소나무가 속을 비워낸다는 말은 들어보지 못했다. 그 실체를 마주하고 보니 감정이 묘했다. 숙명을 순순히 받아들인 나무는 주저 없이 자신의 속을 다 드러냈다. 영양분 대부분은 빈 몸을 딛고 자라난 줄기로 보내고 있었다. 자신도 지키고 제 분신들도 늠름하게 키워냈다. 이야말로 비움의 미학이 아닌가. 나는 부지불식간 두 손을 모으고 나무에 절을 했다. 나는 그 나무에게서 그들 부자(父子)를 읽었다.

삶의 권태란 녀석이 느닷없이 일상의 보행에 태클을 걸어올 때 한 번쯤 광천에 있는 수목원 '그림이 있는 정원'을 찾아가 볼 일이다. 치열한 삶은 그 자체만으로도 아름답다. 주어진 운명을 정면으로 응시하고 받아들인 그들 부자의 모습은 자연의 섭리를 따르는 나무를 닮아 있었다.

3

바람의 말을 / 든다

머릿속의 바람

새벽, 산에 접어든다. 푸르스름한 빛에 잠긴 산길이 유난히
호젓해 보인다. 나도 모르게 발걸음을 멈춘다.

'묻지 마 살인'이 수락산과 사패산에서 있었다. 아무런 원
한도 없는 생면부지의 여성을 단지 몇 푼 안 되는 돈 때문에
잔인하게 폭행하고 죽였다 한다. 그 뉴스를 접한 친정엄마가
단박에 전화하셨다. 새벽 산행 절대 하지 마라. 평소 품고 계

셨던 걱정까지 보태 지청구가 더 늘어났다. 허리가 아파 동행 못하는 남편도 당분간 자락길만 돌고 오란다. 망설이다 나선 길, 크게 기지개를 켜고 헛기침을 하며 용기를 낸다.

산모퉁이를 돌아설 때마다 어둠 속에서 누군가 갑자기 툭, 튀어나올 것만 같다. 오늘따라 까마귀가 떼로 날아다니며 극성스럽게 짖어댄다. 매일 오르던 길인데 낯설고 살풍경하게 보인다. 사람을 만나도 무섭고, 아무도 안 보여도 걱정, 두려움이 발목을 잡는다.

돌이켜보니 산행을 시작한 지도 어언 20여 년을 훌쩍 넘어서고 있다.

저혈압으로 늘 머리가 천근만근 무거웠던 나는 '이러다 머리를 받치고 다녀야 하는 게 아닐까?' 하던 때가 있었다. 백약이 무효였다. 그때 남편이 북한산으로 나를 이끌었다. 평소 산행을 달갑게 여기지 않던 나는 툴툴거리며 그를 따라다녔다. 숨이 턱에 차고 땀이 비 오듯 흘러내렸다. 그때 어디선가 한 줄기 바람이 머리를 휙 스치고 지나갔다. 순간 머릿속이 맑게 개는 것이 아닌가? 그 후 만사를 제치고 산에 올랐다. 이젠 남편을 능가하는 산 마니아가 되었다. 그런 나에게 남편은 '머릿속의 바람'이란 아메리카 인디언식의 닉네임을 지어 주었다.

근심이 몰아칠 때면 나도 모르게 산으로 발걸음을 옮긴다. 시부모님의 병환이 깊어지자 시누이들이 불만을 토로했다. 어제까지 흉허물 없이 지냈던 그녀들이 하루아침에 어찌 이리 돌변할 수 있을까 생각하니 서운했다. 산을 오르며 나는 점점 더 깊은 슬픔에 빠져들었다. 힘없이 하산하는데 난데없는 음성이 들렸다.

"칭찬받으려고 부모님 모신 게 아니잖아! 무슨 생각이 그리 많노!"

깜짝 놀라 돌아보았다. 시치미 뚝 떼고 있는 산! 그렁그렁한 눈에 정겹게 다가왔다. 그 후 산을 오르며 때때로 주저리주저리 하소연하는 버릇이 생겼다. 답은 늘 마음속에 있었다. 그저 묵묵히 귀 기울여주고 두 팔 벌려 감싸주는 넓은 품. 그가 아침마다 나를 깨우고, 나를 부르고 있다.

"야호!"

언제나 '야호' 하고 인사를 하는 아주머니가 기다렸다는 듯이 나를 반긴다. '야호 아주머니'를 산 중턱에서 만났으니 지금 시각은 6시 반일 게다. 철학자 칸트가 따로 없다. 안녕하세요? 나도 따라 인사한다. 오늘따라 그녀가 더 씩씩해 보인다.

요즘 들어 혼자 산행을 하는 여성들이 늘고 있다. 그래서인지 내가 다니는 코스에도 홀로 오는 아주머니들이 많아졌다. 산모퉁이마다 불쑥불쑥 낯익은 모습이 나타난다. 모두 무사하다! 불안한 기색들이 역력하지만 서로 환하게 인사를 한다. 졸아들었던 마음이 서서히 풀린다.

예전에는 산에서 노숙자를 만나곤 했다. 동굴에 살고 있던 그는 여름에도 두껍고 더러운 옷을 껴입고 있었다. 머리카락을 치렁치렁 늘어뜨린 그가 다 떨어진 운동화를 신고 지나가면 고약한 냄새가 진동했다. 그는 그림자처럼 휙 나타났다가 묵묵히 사라지곤 했다. 해마다 겨울이 되면 그가 얼어 죽었을까 봐 걱정했다. 어느 날부터인지 보이지 않아 시원섭섭했는데 노상에서 마주치자 어찌나 반가웠는지 모른다. 하마터면 아는 척할 뻔했다. 그는 그저 불쌍한 부랑자였고 그렇게 산에서 사는 것을 묵인했던 세월도 있었다. 아무도 그를 두려워하지 않았다. 험하게 살망정 사람을 해코지하지 않는다는 믿음이 암암리에 퍼져 있었다. 그는 이제 전설이 되었다. 폭발하면 제어가 안 된다는 분노증후군이 신성한 산에까지 스며들고 있다. 나의 안식처를 지키고 싶은 간절한 마음이 든다.

지자요수 인자요산(知者樂水 仁者樂山), 지혜로운 사람은 물을 좋아하고, 어진 사람은 산을 좋아한다 했다. 공자님 말씀이 나를 다독인다.

천천히 산을 오른다. 새들이 저마다 음색을 뽐내며 뾰로롱 날아다닌다. 가슴을 관통하는 딱따구리의 공명을 한참 서서 듣는다. 멈춘 나를 향해 나무들이 훌훌 바람을 보낸다. 햇빛을 받아들인 바위가 반짝 빛을 내뿜는다. 이 모든 것이 유유히 흐르고 있다. 산은 그저 무심한 표정이다. 나는 훌훌히 나만 데리고 걷고 있다. 마음에서 일어나는 생각은 따지고 보면 다 내가 만든 것이 아닌가?

아직 도착하지 않은 걱정은 내려놓고 자유롭게 살기로 한다. '머릿속의 바람'이 가동하기 시작한다. 나의 산은 오늘도 변함없이 맑음이다.

선을 넘다

'어라? 왜 이렇게 길이 파헤쳐져 있지? 누가 여기에 나무를 심으려고 그랬나?'

머리가 갸웃해졌다.

평소에도 좁아서 조심스러운 길이었다. 부엽토가 산길을 따라 마구잡이로 시꺼멓게 뒤집혀 있었다. 길이 더 좁아졌다. 골짜기도 사정은 마찬가지였다.

"멧돼지가 한 짓이여."

지나가던 등산객이 현장을 손으로 가리켰다. 소름이 오소소 돋았다.

"어제 칼바위 초소 근처에서 멧돼지 지나가는 거 봤어."

"뭐라고? 그래서 어쨌어?"

"가만히 숨죽이고 잔뜩 노려보았지. 어찌나 놀랬는지 하마터면 뛰어 달아날 뻔했어야. 순간 등을 보이고 뛰면 절대 안 된다는 말이 확 떠오르는 거야. 그래 달려들면 등산지팡이로 막으려고 힘껏 잡고 있었어. 나중엔 손이 다 부들부들 떨리더라고."

"에고, 큰일 날 뻔했네."

"나를 본 거는 같은데 그냥 고개를 돌리더니 저기 숲속으로 들어가버리더라고."

"아이고, 잘했구면."

"막 소리라도 지르지 그랬어?"

"아휴 말도 마, 소리가 다 뭐야. 입이 얼어붙은 거 마냥 떨어지지도 않았어. 다리가 후들거리고 온몸에 진땀이 나서 혼났어야."

주거니 받거니 하는 말을 들으니 남의 일 같지 않았다.

사실 나도 지난해 아파트 앞마당까지 겁 없이 내려온 멧돼지를 본 적이 있었다. 눈이 한 자나 쌓인 겨울밤이었다. 호떡집에 불이라도 난 듯 요란한 소리에 놀라 내다보았다. 덩치가 산만 한 녀석이 음식물 수거통 주변을 배회하고 있었다. 각 초소 경비 아저씨들과 장정들이 몰려나와 냄비를 두드리며 녀석을 산으로 내몰았다. 위험을 무릅쓴 처사에 가슴이 조마조마했다. 그 서슬에 놀랐는지 녀석은 혼비백산 어둠 속으로 사라졌다.

도대체 왜 민가까지 내려왔을까? 그 녀석, 어쩌면 가장이 아니었을까? 그렇지 않고서야 그 눈길에 미끄러지며 감히 여기까지 내려올 엄두를 못 냈으리라. 그에 생각이 미치자 가슴이 아릿했다. 졸졸 무리 지어 다니는 멧돼지 새끼들이 눈에 어른거렸다. 그 후 산행 때마다 문득문득 녀석의 실루엣이 떠오르곤 했다.

"봐봐, 저기도 다 헤집어 놓았네. 여기는 아무것도 아니야. 농촌은 말도 못 한대. 잘 키워 놓은 농작물을 형편없이 망가뜨리고 몽땅 먹고 간다잖어. 그러길래 내가 뭐랬어. 산에서 도토리랑 잣 좀 가져가지 말라고 했잖여. 되게 말도 안 들어. 그렇게 싹쓸이해 가니 마을로 내려와 내 먹이 내놔라 하는 거 아니냐구."

앞서가던 아저씨가 흥분한 듯 열변을 토했다.

"가뜩이나 목소리 큰 사람이 또 왜 저래? 목소리만 크면 다야? 흥! 그러는 사람이 여기서 주운 도토리로 묵을 쑤어주니까, 야들야들하니 맛있다며 젤로 맛있게 잘만 먹더라. 역시 자연산이라 다르다나 뭐라나?"

사방에서 킥킥거리는 웃음이 일어났다.

때마침 잣 숭어리가 내 발밑에 툭 떨어졌다. 무심결에 주워들었다. 앞서 이야기를 들었음에도 견물생심인지 잠시 집으로 가져갈까 말까 갈등하다 얼른 숲속으로 던져주었다. 기다렸다는 듯 후드득 내려온 청설모가 냉큼 물더니 나무 위로 휙 사라졌다.

연전의 한 노인이 떠올랐다. 바스락바스락 소리에 둘러보니 산길 휴식년제를 위해 쳐 놓은 출입금지 펜스 너머에서 나는 소리였다. 운동복을 입은 노인이 지팡이로 바닥에 쌓인 낙엽을 헤집으며 잣 숭어리와 도토리를 줍고 있었다. 며칠째 멀찍이서 지켜만 보던 나는 그날따라 문득 내가 비겁하게 느껴졌다. 속으로만 언짢아하지 말고 적극적으로 말려야 하지 않을까? 이러다 정말 산동물들이 다 굶어 죽지나 않을까? 걱정이 일자 나도 모르게 불쑥 소리가 터져 나왔다.

"그만 좀 주워 가세요. 이제 그만 산에 사는 애들에게 양보하면 안 되나요? 녀석들 먹게 그냥 좀 남겨두세요!"

갑작스런 고함에 놀랐는지 그가 허리를 펴고 나를 노려보았다.

"나, 운동하고 있는 거야, 내가 심심해서 운동하고 있는 거라고. 가던 길이나 그냥 가셔!"

그는 나를 향해 지팡이를 마구 휘둘렀다. 어깨에 멘 배낭이 축 처진 게 이미 두둑해 보였다. 지켜보는 눈길이 부담스러웠는지 그는 더 깊은 산속으로 사라졌다.

모처럼 낸 용기에 등짝이 화끈했다. 금세 허탈감이 밀려왔다. 오늘이 마지막일세. 이젠 정말 그만이야. 미안하네 하는 반응을 기대했던가? 어처구니없던 해프닝은 쉽게 지워지지 않았다.

시간이 지남에 따라 왠지 뜻 모를 안쓰러움이 찾아들었다. 남루한 차림의 그 노인, 가족 생계를 위해 어쩔 수 없이 불법 채취를 했다면 얼마나 민망했을까. 불현듯 내가 믿고 있는 규칙이 누구에게나 옳은 것일까? 하는 생각이 들었다. 그 후 도토리묵이나 잣을 보아도 언뜻 손이 가지 않았다.

심하게 파헤쳐진 흔적이 또 보였다. 길게 이어진 자취 끝 쪽에 사람의 출입을 금지한다는 푯말이 바람에 흔들리고 있었다. 경계를 이루는 목책도 세워져 있었다. 그 선을 녀석들은 의연하게 넘나들고 있었다.

금 밖 우리네 길에는 푹신한 마포가 깔렸다. 울퉁불퉁한 바위 위에는 계단이 놓였다. 질어서 신발이 빠지는 곳에는 돌이 깔렸다. 산허리를 도는 둘레길이 완성되었고, 임산부나 노약자가 쉽게 걸을 수 있는 자락길도 생겼다. 이에 발맞춰 등산 인구도 빠르게 늘어났다. 공인된 그 길들을 나 또한 맘껏 누리고 있었다. 산짐승들을 위한 길은 방치된 채 어디에도 없었다.

내가 선을 넘지 않듯, 녀석들도 그 선을 무시로 넘나들지 않기를 무심결에 바랐는지도 모른다. 선 너머에서 새끼를 낳고 알콩달콩 가족을 이루며 평화롭게 잘 살아가고 있으리라 믿었다. 나와는 분리된 별개의 세상이 거기에 있으리라 여겼다. 보이지 않는 마음의 선을 멧돼지들은 알고나 있을까?

이제 녀석들은 수시로 선을 넘고 있다. 따지고 보면 내가 마이웨이라고 지칭하며 오르내리던 산길은 원래 녀석들의 터전이었다. 인간이 정한 질서를 같은 무게로 녀석들에게도 적용하려 했던 오만이 부끄러웠다.

　잣나무에서 청설모가 잣 껍질을 튁튁 아래로 뱉어 내고 있었다. 산비둘기는 오가는 등산객에 아랑곳없이 구구거리며 먹이 삼매경에 빠져 있었다. 까마귀가 내 머리 위를 휘돌더니 까욱까욱 소리를 지르며 날아갔다. 돌아보니 산은 아무 일도 없다는 듯 무심히 해바라기를 하고 있었다.

야호 아주머니

"야호~호야! 호야!"

들려오는 소리가 생각에 잠긴 나를 깨웠다. 앞선 등산객이 뒤처진 동료를 부르고 있었다.

"야호! 야호!"

한동안 서로 주고받는 신호가 귓가에 메아리쳤다.

문득 그녀가 생각났다. 나를 만나면 "야호!" 하고 반기던 야호 아주머니. 생각이 어스름한 새벽을 헤매기 시작했다. 그녀는 하루아침에 홀연히 자취를 감췄다.

그녀가 처음 눈에 들어온 건 특이한 등산복 때문이었다. 머리엔 꽃무늬 스카프를 질끈 동여매고 쫄쫄이 티셔츠에 헐렁한 몸빼 바지, 가벼운 스니커즈를 신고 있었다. 바로 70년대 엄마표 패션이었다. 엄청 용감한 분이거나 정상이 아닐 거라는 느낌에 자꾸만 눈길이 갔다. 더 이상한 건 매일 똑같은 옷을 입고 온다는 거였다. 아니 어느 결에 빨아서 휘리릭 말려 입고 오는 걸까? 그 차림은 여름 내내 그리고 초가을까지 계속되었다. 찬바람이 불어서야 파카를 입고 나타나는데 그 모양새 또한 특이했다. 윗옷의 앞뒤를 바꾸어 등판이 앞으로 오게 돌려 입곤 했다. 허나 자꾸 보니 익숙해졌다. 생경했던 차림새는 어느새 그녀 고유의 트레이드마크가 되었다. 그녀가 유명브랜드 등산화를 신고 나타났을 때 너무나 낯설게 느껴졌다.

그녀는 산행하며 늘 누군가와 이야기를 나누었다. 상담을 하는 듯도 하고, 세상 돌아가는 이야기를 나누는 듯도 했다. 워낙 큰 목청이라 멀리서도 똑똑히 잘 들렸다. 낯익은 사람이 보이면 야호! 하고 먼저 인사를 건넸다.

한날 그녀와 단둘이 동행을 하게 되었다. 그즈음 나는 치매를 앓는 시어머니를 모시고 있었다. 그녀는 첫 일성으로 "참 얌전한 사람이네!"라며 말을 붙여왔다. 내 얼굴에서 수심을 읽었던 모양이었다. 나도 모르게 마음을 열고 고충을 털어놓았다. 이런저런 이야기 끝에 그녀는 당시 베스트셀러였던 신경숙 소설 『엄마를 부탁해』를 입에 올렸다. 자연스레 그녀와 나는 노인 요양 문제를 화제로 많은 이야기를 나누었다. 알고 보니 그녀의 남편도 와병 중이었다. 남편이 병석에 눕자 그녀는 매일 새벽에 집을 나섰다. 본인이 건강해야 병간호를 잘할 수 있다며 산행에 열심이었다. 남편의 아침 수발 시간에 맞추어야 했기에 발걸음이 빨랐다. 사람들과의 소통도 주로 산에서 이루어졌다. 그녀의 세상은 산에 있었다. 그날 그녀와 나는 마치 오랜 동지를 만난 듯했다. 그녀를 만나고 집에 들어서는 나를 보고 남편은 전에 없이 얼굴이 왜 그렇게 환해졌냐며 의아해했다.

한동안 나는 새벽 산행을 할 수 없었다. 시어머니를 요양원에 모시고서야 다시 산을 찾았다. 나를 보자 그녀가 반색했다. 일행들과 하던 말을 멈추고 "야호!" 하며 반겨주었다.

한번은 멀리서 내 이야기를 하는 게 들렸다.

"글쎄 저이가 치매에 걸린 시어머니를 모시고 있대. 요즘

보기 드문 효부야!"

눈물이 글썽해졌다. 아직도 내가 시어머니를 집에 모시고 있다고 철석같이 믿고 있을 그녀에게 괜스레 미안했다. 솔직하게 털어놓을 용기가 나지 않았다. 나도 모르게 그녀와 이야기하는 걸 피하게 되었다.

그러던 어느 날 정오경 동네 로터리에 우두커니 서 있는 그녀를 만났다. 너무나 반가웠다. 헌데 인사를 받는 둥 마는 둥 했다.

"왜 며칠 안 보이셨어요?"

"영감이 갔어."

무표정한 말투에 말문이 막혔다.

"그래서 이렇게 정처 없이 돌아다니고 있어. 어디에도 마음 둘 데가 없네."

씩씩했던 그녀가 눈물이 글썽한 걸 보니 마음이 아팠다. 그녀의 손을 잡고 밥이라도 먹자고 했다. 하지만 휘휘 손을 내저었다.

"어여 가던 길 가."

"어디로 가시는데요."

"그냥……."

끝내 그녀는 말끝을 흐렸다.

산에서 다시 만난 그녀는 눈에 띄게 발걸음이 느려졌다. 걷다가 자주 쉬었다. 그 후 언제부턴가 그녀의 얼굴을 볼 수 없었다.

늘 동행하던 분께 여쭈어보니 그녀가 암 선고를 받았단다.

"많이 아픈 모양이야. 수술도 못 받는다던데. 아들이 모셔갔다더니 연락이 없네. 아휴 죽었나?"

그 분도 안부를 전하며 눈물지었다. 가슴이 먹먹했다.

그날 나는 딱히 어디 갈 일도 없는데 예의 로터리를 걷고 있었다. 까닭 없이 가슴속에 찬바람이 불고 있었다. 유난히 일찍 찾아온 가을날이었다. 서성이던 내 앞에 느닷없이 아주머니가 나타났다. 깜짝 놀랐다. 검어진 얼굴에 눈물이 어룽거리는 눈매로 나를 쳐다보았다.

"아니 편찮다더니 괜찮아지신 거예요?"

나는 그녀를 얼싸안았다.

"좋아 보이는데 어쩌셔요?"

"아니야, 내가 아는데 얼마 안 남았어."

죽음을 앞둔 사람이 그리 담담할 수 있을까?

"얼마나 걱정했는지 몰라요. 산 사람들이 모두 걱정하고 있어요."

아주머니가 빙그레 웃으신다.

"오늘 날씨가 이렇게 추운데 나오신 거예요?"

"움직일 수 있을 때 이 세상 조금이라도 더 보아두려고."

"나를 기억해 줘서 고마워."

우리는 애써 눈물을 감추며 서로를 오래 쳐다보았다.

"치료 잘 받으세요."

나는 그녀의 손을 어루만졌다. 어렴풋이 이것이 마지막 만남일지 모른다는 예감이 들었다.

짧은 만남으로도 오래 기억되는 사람이 있다는 걸 나는 그녀를 통해 알게 되었다. 지나간 것은 지나간 대로 그런 의미가 있다고 했다. 내가 그녀를 그리워하는 건 어쩌면 같이했던 시간을 나누고 싶은 건지도 모른다. 만나는 이마다 "야호!" 하고 인사했기에 '야호 아주머니'로 불렸던 그녀는 내 인생의 전설로 남게 되었다. 산 구석구석에 배어 있던 그녀의 음성이 아련하기만 하다. 그녀는 그렇게 서서히 잊혀져가고 있다. '야호'가 떠난 자리를 채운 새로운 '야호'들이 웃으며 서로를 반긴다. 그렇거나 말거나 산은 언제나처럼 무심하게 우리를 대할 것이다. 오늘도 나는 산에 오르고 있다.

산사태

　내가 사는 아파트 뒤에는 산허리를 깎아 만든 집이 두 채 있었다. 한 채는 조그만 암자였고 그 밑에 일자형 단독 주택이 있었다. 단독 주택 마당에는 여러 그루의 나무가 있었고 곳곳에 화분이 놓여 있었다. 아침마다 허리가 구부정한 노인이 마당을 쓸고, 화분을 들여다보고, 일일이 잎을 닦아주고, 물을 주었다.

그해 봄, 시끌벅적한 소리에 내다보니 포클레인이 암자 옆 땅을 파고 있었다. 확장공사를 벌이는가 싶더니 전에 없던 큰 법당이 들어섰다. 절 마당은 야금야금 영역을 넓혀 갔다. 여름이 되자 마침내 아랫집 담 옆구리를 지나는 긴 계단까지 놓였다.

며칠 장대비가 내렸다. 맑게 갠 일요일 아침, 칼국수를 끓이려고 가스레인지에 불을 붙이는데 우르릉 꽝! 하며 갑자기 집이 흔들렸다. 순간 싱크대를 잡으며 거실에 있는 아이들을 바라보았다. 남편이 뛰어와 아이들을 안았다. 일순 정적이 흘렀다.

밖을 내다보니 믿을 수 없는 광경이 펼쳐져 있었다. 멀쩡하게 서 있던 집이 순식간에 사라졌다! 토사가 단독 주택을 덮친 것이다. 집도, 마당도, 화분도, 나무도 순식간에 황토색으로 변했다. 토사는 아파트 주차장까지 흘러내렸다. 절은? 하고 바라보니 절 마당도 흔적이 없었다. 법당만 위태롭게 서 있고 모든 것이 사라졌다. 이렇게 지형이 바뀌는 데는 단 몇 초간 울부짖음이 있었을 뿐이다. 그 무시무시한 소리는 원초적인 두려움을 불러일으켰다.

어떻게, 이런 일이! 발을 동동 구르고 있는데 할머니의 울음소리가 들렸다.

"우리 딸이 저 속에 있어요. 우리 딸이요. 아이고, 우리 며느리 어쩐대. 임신한 우리 며느리!"

넋이 나간 듯 토사 더미를 손으로 파헤쳤다. 물뿌리개를 든 할아버지가 망부석처럼 서 있었다.

맨 먼저 119 구급대가 달려왔다. 구급차도 대기했다. 집 구조 파악을 위해 짧게 문답을 나눈 소방대원들은 조금의 망설임도 없이 조난지로 뛰어들어 토사를 걷어 내기 시작했다. 삽을 잡은 손의 힘줄이 불거지는 게 보였다. 모두 숨을 죽이고 그들의 동작을 지켜보았다.

장정들이 하나둘 모여들었다. 가까운 부대에서 군인들도 트럭을 타고 왔다. 마치 작전을 하듯 일사불란하게 매몰 추정지점을 파내기 시작했다. 아낙들은 연신 그들에게 물과 커피, 라면 등을 날랐다. 조심스럽게 한 삽 한 삽 떠내는 그들의 손길에 경건함이 배어 있었다.

두어 시간 지났을까? "목소리가 들려요!" 하는 외침이 있었다. "와!" 하는 함성이 곳곳에서 흘러나왔다. 의사와 구급대원들이 들것을 들고 달려갔다. 구조된 이는 할머니의 딸이었다. 다행히 그녀는 한쪽 팔만 다쳤을 뿐 기적적으로 살아 있었다. 그녀를 실은 구급차가 병원으로 신속하게 이동했다.

나는 애타는 심정이 되었다. 임신한 며느리는 어떻게 되는 걸까? 우두커니 서 있는 젊은 남자가 그녀의 남편인 듯했다. 눈길조차 주기 힘들었다. 토사가 가장 많이 쌓인 곳이 그녀의 매몰지로 지목되었다. 남의 일 같지 않아 자꾸만 그 토사 더미에 눈길이 쏠렸다.

구조팀이 두 팀으로 나뉘었다. 한 팀이 파 내려가는 동안 다른 팀은 물을 마시고, 주먹밥을 먹으며 쉬었다. 30분마다 교대를 했다. 파도 파도 매몰자는 보이지 않았다. 한몫 거들러 나갔던 남편이 돌아왔다. 물을 잔뜩 머금은 흙이 무거워 삽으로 뜨기 힘들었다고 했다. 그때 바지에 묻혀온 토사는 아무리 여러 번 세탁해도 지워지지 않았다. 지금 생각해도 이상한 일이었다.

긴 여름 낮이 지나고 밤이 되었다. 경광등을 단 트럭이 도착했다. 밤새 조난지를 향해 환하게 불이 켜졌고 지친 기색 하나 없이 대원들은 꾸준하게 작업을 이어 나갔다. 졸다가 깨어서 나가 보고 하길 몇 번, 순간 그들의 움직임이 심상치 않았다.

대원들이 순식간에 하얀 천으로 네모 벽을 만들었다. 그리고 그 속에 두 사람이 들어갔다. 한참 후 하얀 천으로 둘러싼 며느리의 시신이 들것에 실려 나왔다. 대원들은 일제히 고인에게 묵념을 했다. 지켜보던 친지들이 오열을 토해 내었다. 비로소 경광등의 불이 꺼졌다.

아침이 찾아왔다. 목탁 소리가 사라지고 집이 없어진 자리는 어느새 말라 있었다. 바싹 마른 황토에 따가운 여름 햇볕이 내리꽂혔다.

그 산사태는 인재였다. 절을 무리하게 증축하는 과정에서 물매를 제대로 잡지 않아 생긴 사고였다. 집과 며느리를 잃은 그들 가족은 다시 터전으로 돌아오지 못했다. 방치된 채 널브러져 있던 조난지를 바라보면 원망과 먹먹함이 교차했다. 산을 만만하게 보고 함부로 깎아내렸던 인간의 우매함이 큰 상처를 남겼다.

산은 참으로 오래 우리를 참아주고 있다. 제 몸을 비집고 우후죽순처럼 들어서는 아파트들을 무연하게 바라보고 있던 산은 때가 되면 원래의 모습으로 되돌아가려는 무서운 본능을 보이기도 한다. 산에 깃든 삶이 가끔 위태롭기도 하고 하찮게도 느껴진다. 자연에 기대어 사는 우리는 얼마나 작은 존재인가!

말벌과의
동거

'부우웅' 소리에 둘러보니, 손가락 굵기의 말벌들이 주방을
유영하고 있었다. 화들짝 놀라 식탁을 박차고 일어났다. 한
마리도 아니고 세 마리. 침에 쏘이면 큰일 나겠다 싶어 파리
채를 집어 들고 휘두르기 시작했다.

　녀석들의 변화무쌍한 비행을 따라잡기란 역부족이었다. 쫓
아내기는커녕 그들의 공격을 피해 도망 다니는 꼴이었다. 맨

꼭대기 층인 18층 우리 집엔 모기도 엘리베이터를 타야 올라 올 수 있다고 했다. 헌데 이 녀석들은 여기까지 어떻게 들어왔을까? 벌떼에 쫓기는 공포영화의 한 장면이 떠올랐다. 오소소 소름이 돋았다. 한바탕 소동 끝에 간신히 평정할 수 있었다.

다음 날 아침 오랜만에 보일러실 문을 열었다가 아연실색했다. 어제 본 말벌과 똑 닮은 녀석들이 떼로 붕붕 날고 있는 게 아닌가! 그야말로 벌 천지였다. 믿을 수 없었다. 아직 잠이 덜 깬 걸까? 순간 녀석들의 눈이 일제히 나를 향하는 듯했다.

후다닥 문을 닫았다. 창문으로 엿보니 10여 마리의 벌이 보일러실 환기 구멍을 열심히 드나들고 있었다. 지난밤의 침입은 우연이 아니었다.

왜 하필이면 우리 집일까? 북한산 자락 끝에 자리 잡고 있다지만, 단독 주택도 아닌 아파트가 아닌가. 갑자기 들이닥친 낯선 손님들 때문에 가슴이 벌렁벌렁했다. 저 녀석들을 어찌하면 좋을까?

서둘러 검색을 했다. 말벌은 보통 산속에 살지만, 가끔 민가에 집을 짓기도 하는데 이는 비교적 순한 종류란다. 크기가 2.5~3cm이고 여왕벌은 4cm가 넘는다. 노랑과 검은색의 절묘한 조화는 공포심을 자아내지만, 사람이 공격하지 않는 한 먼저 공격하는 일은 없다고 한다. 먹이는 갖은 곤충류이고, 벌집은 에프킬라 등의 스프레이로 간단하게 제거 된단다.

아무리 순하다 해도 숫자가 너무 많았고, 한번 침을 쓰면 죽는 꿀벌과 달리 말벌은 계속 공격할 수 있는 놈들이었다. 아들은 위험하니 빨리 제거해야 한다고 주장했다. 푹푹 찌는 더위에 창문을 닫고 있으려니 화증이 난 남편도 이에 적극 동참했다.

반면 인정 많은 딸은 이제 막 새 벌집을 만드느라 분주한 생명인데 어찌 죽일 수 있느냐며 반기를 들었다. 보일러실 문에 테이프를 발라 봉쇄하고 겨울잠 잘 때까지 기다리자고 데모를 하였다. 게다가 이 소식을 들은 어머니는 집에 재물이 들어올 징조라며 딸 편을 드시니 덩달아 들뜨기까지 했다.

그들은 꼭꼭 닫아 놓은 창문의 틈새 어디를 뚫고 들어오는 걸까? 거실 침공이 갈수록 늘어났다. 영리한 레이다 망에 집 안 다른 곳이 포착된 것은 아닐까? 불안감이 술렁거렸다. 그 많은 숫자와 동거하기엔 내 마음이 너무 좁았다. 나날이 커질 벌집을 떠올리며 두려움도 부풀려졌다. 연일 벌과 싸우다 보니 긴장감이 집안에 감돌았다. 일개 곤충과의 동거에 우리는 점점 후줄근해지고 있었다.

결국 119에 신고를 하였다. 10분이 채 되지 않아 구조대가 도착했다. 대원들은 머리에 헬멧과 망을 뒤집어쓴 뒤 두꺼운 장갑과 무릎까지 오는 워커를 신었다. 중무장하는 걸 보며 상대가 만만치 않았음을 상기하게 되었다. 대원들은 손에 에프킬라를 들고 보일러실 문을 열었다.

"아이쿠, 왜 이리 많아!"

당황한 대원들의 목소리가 들렸다. 부지런히 움직이는 대원들을 지켜보며 그들이 벌에 쏘일까 봐 마음이 조마조마했다. 워낙 큰 녀석들이라 여간해서 죽지 않았다. 게다가 소식을 들었는지 외출 나간 벌들까지 떼로 몰려와 그야말로 아수라장이 되었다. 25분여 만에 천장에 붙은 벌집을 떼어 내었다. 여왕벌은 마지막까지 위용을 고집하며 벌집을 지켰다.

대원들이 전리품을 보여주었다. 보금자리는 그 많은 숫자를 수용하기엔 턱없이 작아 보였다. 육각형엔 새끼와 알들이 빼곡했다. 말벌들의 꿈의 궁전은 바스라질 듯 가벼웠다. 숭숭 뚫린 구멍이 가슴을 아리게 했다. 울상인 나를 대원들이 위로하였다. 벌집을 자루에 넣고 떠나는 듬직한 대원들에게 감사의 인사를 했다.

생명체를 품었던 말랑말랑한 공간은 다시 딱딱한 시멘트 덩어리로 돌아왔다. 바닥엔 전사한 말벌들이 즐비했다. 바로 바라볼 용기가 없어 불쌍한 묘지의 문을 조용히 닫았다.

막아버린 환기구 밖에 미처 외출에서 돌아오지 못한 벌들이 며칠 서성거렸다. 끝내 포기했는지 이제 보이지 않는다. 보름 남짓의 동거는 이로써 막을 내렸다. 비바람을 피해 단단한 시멘트 집에 거주지를 마련하고자 했던 영리한 녀석들. 그들에게 항복을 받아낸 나의 소행이 쓸쓸하기만 했다.

문득 마당이 있던 옛집이 한없이 그리웠다. 제비가 집을 짓고, 개미가 땅속에 굴을 파고, 나무에 벌집이 걸려도 서로 모른 체하며 풍족하게 살아내지 않았던가. 그 모든 것을 뒤로하고 쾌적함과 편리함을 찾아 마련한 집이었다. 이제 나는 어느새 나만의 공간을 고집하고 있었다. 자연과 공존하지 못하는 내 마음이 불편하게 다가왔다. 메말라가는 가슴에 오랜만에 촉촉하게 비가 내리고 있었다.

자연에 대한
예의

오늘도 어김없이 대금 소리가 새벽의 푸르스름한 산봉우리를 깨웠다. 내가 좋아하는 황병기의 〈비단길〉이었다. 촉촉한 음향이 내 마음을 적셨다. 누구일까?

내내 내 뒤를 쫓던 연주는 골짜기를 휘돌 때에야 멈췄다. 마치 기다렸다는 듯 이번에는 다른 봉우리에서 터져 나온 노래가 산을 요란하게 흔들었다. 그는 요즘 들어 자주 이곳 북한

산에 출석하고 있었다. 그 성악가는 늘 베르디의 오페라 〈라 트라비아타〉 중 〈축배의 노래〉로 시작하여 오페라의 아리아를 메들리로 이어 부르다 〈그리운 금강산〉으로 끝을 맺곤 했다. 내 발걸음이 절로 흥겨워졌다.

그때 앞서가던 중년 남자가 갑자기 멈춰 섰다.

"좀 조용히 해! 제발 노래 좀 하지 말라니까! 여기 사는 동물들 다 도망가겠어!"

반말로 크게 고함을 지르기 시작했다. 처음엔 노래하는 이와 무슨 견원지간인가 싶었다.

"왜 그러세요? 무슨 일 있으세요?"

지나가던 늙수그레한 아주머니가 물었다.

"산에서 저렇게 크게 노래를 부르면 동물들이 무서워해요. 오래 못 살고 점점 사라지고 있다구요. 아주머니도 노래 좀 그만하라고 소리 한번 크게 질러주세요."

그는 분이 안 풀린다는 듯 씨근거리며 등산객들에게 동조를 구했다.

"여기서 고함지른다고 저 위 산까지 들릴까요?"

"그러니까 여럿이 함께해야지요."

그는 다시 고래고래 소리를 지르기 시작했다. 귀를 막고 싶을 지경이었다. 서성이던 사람들도 놀란 듯 산으로 흩어졌다.

"노래보다 저 소리 때문에 동물들이 다 도망가겠다."

"새벽부터 시끄럽게 왜 저런담?"

여기저기서 구시렁거리는 소리가 들렸다. 이곳 정황과는 아랑곳없이 노래는 힘차게 이어지고 있었다.

산에서 행해지는 연주를 나름 즐기고 있던 나였다. 인간에게는 아름다운 연주가 산짐승들에게는 큰 고통이 되고 있었다니! 미처 헤아리지 못했다.

새벽부터 산은 사람들로 붐빈다. 부지런한 어르신들을 비롯해 운동부터 챙기고 출근하는 장년층, 아이들 깨기 전에 후딱 다녀가는 젊은 엄마들, 건장하게 몸을 다지고 있는 대학생 등등 층이 다양하다. 쩌렁쩌렁 크게 음악을 튼 사람, 라디오 볼륨을 높이고 뉴스를 듣는 사람, 깔깔거리며 먹거리를 나누어 먹고 수다를 떠는 무리 등도 빠지지 않는다. 조용히 산행하고 싶었던 나는 되풀이되는 소란에 눈살을 찌푸리곤 했지만 불식간에 소음에 둔감해져 있었다.

오래전부터 산마루에는 '쾌적한 공원 탐방 환경을 조성하기 위해 (……) 소음 행위(고성, 스마트폰, 라디오 등 음향 포함)를 금지하오니 협조하여 주시기 바랍니다', '산에서 고성을 지르지 마세요. 동물들이 놀랍니다'라고 쓰인 현수막들이 붙어 있었다. 그 앞을 예사로 지나치곤 했던 나는 오늘따라 그 푯말이 새로운 의미로 다가왔다.

야호 소리가 사방에서 메아리쳤다. 늘 듣던 소리였건만 유난히 귀에 거슬렸다. 동물들이 화들짝 놀라 우왕좌왕하는 환영이 스치기 시작했다. 제발 소리가 빨리 멈추길 기다리며 가슴을 졸였다.

소리뿐만 아니라 핸드폰의 전자파도 동식물을 긴장하게 한다는 신문 보도 내용이 문득 떠올랐다. 무심결에 들고 온 핸드폰을 주머니에 쑤셔 넣었다. 습관적으로 목에 걸고 다니던 이어폰도 무겁고 거추장스럽게 느껴졌다. 산야의 생물이 다 나를 지켜보며 반응하고 있는 듯 느껴졌다. 발소리조차 미안한 생각이 들었다. 나도 모르게 침묵에 잠겼다. 오랜만에 찾아온 고요가 슬며시 가슴에 고이기 시작했다.

일전에 자그마한 종을 배낭에 매단 사람을 만났다. 그가 움직일 때마다 딸랑딸랑 소리가 났다. 연유를 물었더니 뱀이 듣고 사람을 피해가라는 뜻이란다. 소리에 예민하게 반응하는 산짐승들과 서로 윈-윈(win-win)하려는 지혜였다. 우리에겐 여가를 즐기는 곳이지만 녀석들에게는 이곳이 삶의 터전이지 않은가. 그렇다면 우리가 남의 집을 방문할 때 지녀야 할 최소한의 예의라도 갖춰야 하지 않을까?

날개를 접은 섬
백령도

　잠시도 쉴 수 없는 바다는 잠깐이라도 해안에 머물고 싶어 끊임없이 파도를 만드는 듯 보였다. 그 출렁거림은 고달픈 일 상처럼 읽혔다. 뱃길 6시간을 달려 도달한 백령도. 그 해안가 에 서서 나는 뭍에 두고 온 생의 크고 작았던 파도를 헤아리 고 있었다. 바위에 거세게 부서지는 파도가 마치 형벌을 받 는 듯했다. 한낮의 해는 쨍쨍하고 따가웠다. 이 밝음이 백령도에선 오히려 생경한 그림자처럼 보였다.

모래 대신 자갈이 쌓여 있는 콩돌 해안을 맨발로 걸었다. 천연의 돌이 빚어낸 형형색색이 경이로웠다. 콩알만 한 것부터 발바닥 크기까지 같은 모양이 하나도 없었다. 파도가 밀려오면 콩 볶듯 튀어 들어왔다가, 촤르르륵 소리를 내며 밀려 나가는 돌무더기들. 자갈들이 순식간에 내 발등을 덮었다. 지압을 받은 듯 시원했다. 그 마모의 고통에 저절로 둥글어질 수밖에 없는 세월이 있었으리라. 숙명처럼 쌓인 나날들이 맑은 바닷물에 담겨 있었다.

감청색을 띤 바다는 그저 섬을 품에 안고 있을 뿐이었다. 우리는 그곳에 보이지 않는 선을 그었다. 남과 북, 그리고 영해(領海)라는 이름으로.

장산곶은 직선거리로 15km, 황해도 장연은 10km. 육안으로도 또렷이 보였다. 그러나 한 걸음도 가까이 갈 수 없는 머나먼 땅이었다. 처연한 백령도는 묵묵히 지켜보고만 있었다. 시아버님의 고향 개성도 그 너머에 있으리라. 아버님의 가슴의 맺힌 눈물처럼 그렁그렁하게 보였다.

두무진과 장산곶 중간. 섬사람들은 그 앞의 시퍼런 바다가 효녀 '심청'을 집어삼킨 인당수라고 주장했다. 이를 바라보는 전망대도 생겼다. 남과 북의 경계여서 눈으로만 가늠해본다. 이 풀길 없는 소용돌이는 또 어떤 효녀를 제물로 바쳐야 진정시킬 수 있는 것일까?

군인이 섬 인구의 반인 대한민국 서해 최북단의 섬 백령도. 평화로운 햇살은 들판을 황금빛으로 바꾸고 고추를 빨갛게 물들이고 있는데, 무지막지하게 생긴 커다란 탱크들이 길 곳곳에서 겁을 주었다. 가슴 깊은 곳에 자리한 원초적인 공포가 자꾸만 고개를 들었다.

언덕 위의 해병대 막사에 거센 바람이 불고 있었다. 스카프가 바람을 타고 날아갔다. 지지대를 잡고 간신히 균형을 잡았다. 바다가 한눈에 내려다보였다. 군인이 망원경을 내어주며 바다를 가리켰다. 그곳을 바라보다 망연자실했다. 중국 어선들이 공해를 가르듯 까맣게 띠를 두르고 있는 게 아닌가. 그 어장의 꽃게를 싹쓸이해 간단다. 남도 북도 아닌 틈새를 노리고 덤벼드는 해적과 진배없는 무리였다. 서로 배를 연결하여 심한 풍랑도 함께 견디며 포진하고 있었다. 자신들의 이익 앞엔 한 치의 양보도 없었다. 중국인들의 집념이 새삼 무서웠다.

자신의 처지를 잘 알고 있는 섬은 천연 비행장인 사곶 해변을 가지고 있었다. 이탈리아 나폴리 해변과 더불어 세계에 두 곳밖에 없다는 자연이 만들어낸 비행장이었다. 한국전쟁 당시에는 UN군의 천연 비행장으로도 활용되었다. 밀가루보다 더 고운 모래였다. 세립질의 규사로 이루어져 물이 잘 빠지고 단단한 해변은 과연 비행기가 내려도 될 정도로 넓고 평평했다. 3km에 펼쳐진 하얀 모래밭을 차들이 도로처럼 왕래하고 있었다. 모래 위에 하얀 바람이 불어와 사막처럼 먼지를 일으켰다. 그 바람을 타고 모래밭에 그림이 그려졌다. 아무도 감히 흉내 낼 수 없는 그만의 작품이 마치 대가(大家)의 손길처럼 느껴졌다. 이곳이 그저 자연의 바람결을 담은 해안으로 남아 있길 남몰래 기도하였다.

사곶 해변 뒤로 방조제를 쌓아 간척지가 만들어졌다. 방조제 뒤의 논에는 벼가 풍성하게 익어가고 있었지만, 그 앞바다에는 실트(모래와 점토의 중간 입자)질이라는 입자가 쌓이고 있었다. 그로 인해 조개와 어종이 줄어들고 갈수록 척박해져 간단다. 충청도 서산시 간척지의 썩어 들어가던 갯벌이 떠올랐다. 여기서도 그 현상이 재현될까 봐 걱정이 앞섰다.

두무진에서 배를 타고 바다의 품에 안겨보았다. 몇 천 년 동안 파도와 매서운 서풍에 깎인 기암괴석들이 갖가지 자태를 보여주었다. 코끼리바위, 선대바위, 장군바위, 신선대, 형제바위, 병풍바위 등등 붙여진 이름들도 다채롭다. 그 경관 사이로 물범들이 머리만 내놓은 채 바다에 잠겨 있는 모습이 장난스럽게 보였다.

헌데 높은 바위에 영화 〈나바론의 요새〉의 장면처럼 바위를 뚫고 삐져나온 대포의 포신이 보였다. 자연을 훼손한다 해도 우리를 지켜야 하기에 어쩔 수 없나 보다. 알고 보면 빤히 보이는 것은 동포이면서 동시에 적이었다. 가슴이 쿵 내려앉았다. 착잡한 시간이었다.

이 긴장된 섬에 통일기원비가 있었다. 실향민들이 고향을 향해 해마다 제사를 지낸다는 곳이다. 이 비석의 영험으로 통일을 이룰 수 있다면 얼마나 좋을까! 기다림의 한을 풀 수 있다면 피맺힌 시간은 결코 헛되지 않으리라.

따오기가 흰 날개를 활짝 펴고 공중을 나는 모습을 닮았다고 이름 붙여진 섬, 백령도(白翎島). 오도 가도 못하고 날개를 접고 앉아 하늘을 보며 구슬피 울고 있었다. 피멍처럼 붉은 석양이 아픈 바다를 물들이고 있었다.

권정생을
만나다

아동 문학가 권정생 선생(1937. 9. 10~2007. 5. 17)의 서거 10
주기를 맞아 안동을 찾았다. 마치 소풍을 나서는 어린아이처
럼 발걸음이 들뜨고 가벼웠다.

구불구불한 시골길을 걸어 생가 입구에 들어섰다. 안내자
가 길 양쪽에 늘어선 흙담을 가리켰다. 선생의 동화 『강아지
똥』 그림책의 모델이 된 담이라고 했다. 담장 위를 비추는 햇

볕이 따스했다.

"개구리든, 생쥐든, 메뚜기든, 굼벵이든 같은 햇빛 아래 같은 공기와 물을 마시며 고통도 슬픔도 함께 느끼면서 살다 죽는 게 아닌가?"

선생의 말씀이 불쑥 떠올랐다.

중일전쟁이 발발한 1937년, 일본 도쿄 빈민가에서 출생한 선생은 학교 대신 골목길에서 어린 시절을 보냈다. 지독한 가난 때문에 어린 권정생은 나무장수, 고구마장수, 담배장수, 재봉기 가게 점원 등을 전전해야 했다. 19세에 걸린 늑막염과 폐결핵은 평생 선생을 괴롭혔다. 극심한 고통에 시달리며 죽게 해달라고 밤마다 하나님께 간청하곤 했단다. 걸식하며 떠돌이 생활을 할 때 그를 도와준 사람들은 다름 아닌 자신처럼 가난한 이들이었다. 선생은 29세 때 경북 안동 일직면 소재의 교회 종지기로 정착, 교회에서 제공한 문간방에 머물렀다. 베스트셀러 작가가 된(1980년) 후에야 지금의 생가 터에 흙집을 마련했다.

소문대로 생가는 담도 대문도 없었다. 단출한 집 구조가 선생의 심성을 짐작케 했다. 선생의 삶을 지켜봤을 느티나무 아래 평상이 있었다. 나무가 드리운 그늘에 앉아 나물을 다듬던 어르신들이 선생 대신 방문객을 맞이했다. 선생과 동고동락했던 마을 분들이었다. 마치 선생의 동화 속 등장인물들을 만난 듯 설레었다. 그래서인지 생면부지인 그분들이 오랫동안 알고 지내던 이웃처럼 친근하게 느껴졌다.

"그 사람 참 가난하게 살았심더."

마을 사람들은 그가 그리 유명한 작가인지 알지 못했다고 한다.

굴속처럼 컴컴한 집 안을 일행은 줄을 서서 차례로 들어섰다. 낮은 천장에 머리를 찧을 뻔했다. 두어 평 남짓이나 될까? 부엌 겸 서재이며 침실인 단칸방이 전부였다. 세상에나! 이렇게 누추한 방이 선생의 집필실일 줄이야! 나는 놀란 입을 다물 수 없었다.

그동안 식탁 한 귀퉁이에서 옹색하게 글을 쓰기에 좋은 작품이 안 나온다고 투덜거렸던 나는 부끄러움에 얼굴이 화끈거렸다. 나만의 쾌적한 작업실을 갖고 싶었던 로망이 부질없게 느껴졌다.

조그만 누에고치 하나에서 비단실 몇 미터를 뽑아낸다고 한다. 이 좁은 방이 순간 위대한 문학작품을 자아낸 커다란 누에고치로 보였다. 여기에서 선생은 일본강점기, 한국전쟁,

정전 이후의 삶을 문학으로 풀어내다 가셨다. 외로운 노인, 거지, 바보, 늙은 소, 깜둥바가지, 벙어리, 전쟁고아 등 외롭고 소외된 주인공들을 통해 한 시대를 증언한 중요한 역사적 공간이었다. 수많은 옥고를 품고 키워낸 이곳이 선생 작품의 자궁인 양 아늑하게 느껴졌다. 아이들이 읽는 동화가 왜 그렇게 어둡냐는 질문에, 좋은 글은 읽고 나면 불편한 느낌이 드는 글이라고 했던 선생. 곳곳에 선생의 손때가 묻어 있는 듯했다.

해맑게 웃고 계신 선생의 영정 앞에 국화 꽃다발이 놓여 있었다. 나도 모르게 옷깃을 여미고 묵념을 올렸다. 새삼 남기신 유언장이 떠올랐다.

"만약에 죽은 뒤 다시 환생할 수 있다면? 건강한 남자로 태어나고 싶다. 태어나서 25살 때, 22살이나 23살쯤 되는 아가씨와 연애를 하고 싶다. 벌벌 떨지 않고 잘할 것이다."

선생은 신장결핵, 방광결핵을 앓다가 급기야는 전신에 결핵이 번져 생사를 넘나들었다. 병마 때문에 독신으로 살았지만, 선생은 자신의 소망을 이렇게 익살스럽게 남겼다. 웃음 끝에 애잔함이 밀려왔다.

선생은 죽기 전에 좋은 작품 하나 남기고 가는 것이 소원이었다. 그래서 평생 죽음의 공포와 싸우며 필사적으로 글쓰기에 매달렸다. 그렇게 이어온 필력 40여 년. 선생을 삶으로 이끈 것은 다름 아닌 희망을 담은 작품 활동이었다. 선생은 당신이 죽으면 화장해서 살던 곳 언덕에 뿌리고, 집도 깨끗하게 태워 자연에 돌려주라는 글을 남겼다. 선생의 유지를 다 따르지 않고 생가를 남겼으니 얼마나 다행인가!

안내자가 말하기를 선생의 유품을 정리할 때 큰 액수의 돈 다발들이 집 안 곳곳에 숨겨져 있었다고 했다. 의문이 생겼다. 선생은 해마다 인세가 1억여 원이나 들어오는 스테디셀러 작가였다. 굳이 무엇 때문에 이런 참혹한 가난을 견뎌내신 걸까?

가난 속에서도 가난을 부끄럽게 여기지 않았던 선생은 자발적 가난을 몸소 실천하셨다. 일평생 한국판 소로우의 삶을 사신 분이었다. 당시 세간을 떠들썩하게 했던 TV 프로그램 PD, 유명인사들, 종교인들, 정치인들이 만남을 청했으나 선생 댁의 문지방을 넘지 못했다. 세상과 유리된 채 철저하게 궁핍한 삶을 살다 가셨던 분, 삶과 글이 완벽하게 일치했던 선생의 인생을 되새기며 마음이 숙연해졌다.

당신이 쓴 책들은 주로 어린이가 사서 보는 것이니 그 수익

금은 모두 아이들에게 돌려주어야 한다는 유지를 받들어 '권정생어린이문화재단'이 창설되었다. 생가를 나와 폐교를 개조한 권정생어린이문학관을 찾았다.

문학관 시청각실에서 선생의 생애를 영상으로 보았다. 자연스레 선생의 소년소설 『몽실언니』가 떠올랐다. 몽실이와 선생의 생애가 겹쳐져 떠올랐다. 선생 자신의 간난하고 신산했던 삶을 여성 주인공으로 바꾸어 표현한 듯했다.

문학관을 나와 『몽실언니』가 쓰인 무대와 배경을 둘러보았다. 실제와 소설 속의 내용이 꼭 일치하지는 않았지만, 생생하게 현장감이 느껴졌다. 나는 책 속의 몽실이가 되어 다리를 절뚝거리며 밭에서 김을 매고, 산을 넘어 개가한 엄마를 찾아갔다. 이웃집 할머니와 소꿉친구를 만나고, 동생 난남이를 업고 젖동냥에 나서기도 했다. 순식간에 『몽실언니』를 다시 읽은 것 같았다.

권정생 선생의 생가를 다녀온 후 나는 한동안 권정생 앓이를 했다. 내가 게을러지거나 방만함에 마음이 어지러워지면 강박처럼 선생의 낡은 생가가 떠올랐다. 선생의 꾸지람이 귓가를 맴도는 듯했다. 그래서 가끔은 차라리 선생의 생가를 다녀오지 말 걸 그랬나? 하는 회한이 들기도 한다.

선생은 아무도 거들떠보지 않던 움츠린 생명들에게 사랑과 용기를 불어넣었다. 사랑이란 움켜쥐는 것이 아니라 두 손을 다 펴서 내어주는 것이라는 것을 배웠다. 삶에 속절없이 흔들릴 때면 권정생 선생의 생가를 찾아 느티나무 그늘에 오래도록 머물고 싶다. 바람결에 전해지는 선생의 소리 없는 격려와 위로를 들으며.

바람의
말을 듣다

죽기 전에 꼭 가보고 싶은 여행지들을 적어 보았다. 그중 첫
번째가 히말라야였다. 욕심이 슬슬 마음을 부추겼다. 기왕이
면 에베레스트(해발 8,848m), 그 세계 최고봉을 가까이에서 보
고 싶었다. 매일 아침 북한산을 오르락내리락했건만 새삼 긴
장감이 밀려왔다. 이 정도의 훈련으로 에베레스트 트레킹이
가능할까? 정상에 태극기를 휘날리자는 것도 아닌데 뭐! 하

며 부담감을 털어냈다. 8박 9일의 일정이 꾸려졌다.

해발 2,850m에 위치한 루클라는 에베레스트를 오르려는
전 세계 산악인들이 등반을 시작하는 출발점이다. 그 첫 관
문인 루클라 공항은 세계에서 가장 위험한 활주로를 가지고
있었다. 착륙 시엔 오르막 활주로가 저절로 속도를 줄여주
었다. 이륙 때는 반대로 급경사에 미끄러지는 듯했다. 용감
한 경비행기가 사람과 생필품을 끊임없이 운송하고 있었다.

헬리콥터는 무시로 뜨고 내렸다. 헬리콥터의 출동은 산악
사고를 알리는 척도였다. 검은 구름이 몰려와도, 바람만 심
하게 불어도 비행이 지연되었고, 정오가 지나면 모든 운항이
중지되었다. 현지인들의 눈은 늘 하늘을 향해 있었다. 나도
눈을 가늘게 뜨고 창공을 바라보았다. 이토록 간절하게 바라
본 하늘이 있었던가?

하늘 아래 첫 봉우리 에베레스트를 향해 첫발을 내디뎠다.
네팔 사람들은 에베레스트를 가리켜 사가르마타(세계의 정상,
하늘의 여신), 티베트에서는 초모룽마(세계의 어머니 산)라고 부
른다. 에베레스트를 최초로 측량한 사람은 영국의 조지 에버
리스트 경(Sir George Everest 1790~1866)이다. 그의 이름을 따서
에베레스트라고 명명했고 오늘에 이르렀다. 수많은 봉우리

를 내려다보고 있는 이 영봉은 속세에서 무엇으로 불리든 그저 무심하게 우뚝 그곳을 지키고 있었다.

오르고 또 올라도 목표인 에베레스트는 다른 산에 가려 보이지 않았다. 대신 탐세루크(6,608 m)라고 불리는 거대한 산이 보호자인 양 내내 동행했다. 길은 울퉁불퉁 오르막과 내리막을 거듭했다. 오히려 내리막을 만나면 투덜투덜 한숨이 나왔다. 내리막은 가파른 오르막의 예고편 같았다.

걸으면 땀이 흘렀고 조금이라도 쉴라치면 금방 한기가 들었다. 축 처진 배낭이 어깨를 내리눌렀다. 이국 만 리까지 날아와 이토록 험한 길을 한없이 걷고 또 걷게 될 줄이야! 이탈하려는 마음을 다잡고 있는데 누군가 외쳤다.

"누가 시켜서 왔나? 참, 사서 고생이네."

그간 꾹 참고 있던 웃음보가 "와아!" 터졌다. 이제 도망갈 길은 어디에도 없었다. 오직 전진만이 살 길이었다. 늘 이렇게 떠밀리듯 살아온 건 아닐까? 복잡한 도시를 떠나왔건만 내 속에 잠자고 있던 수많은 내가, 오히려 이 고적한 길에서 일제히 날을 세우기 시작했다. 먼 산등성이 외줄기 길을 걷고 있는 사람들이 눈에 들어왔다. 저 천 길 낭떠러지를 나도 저렇게 조심스럽게 지나왔겠지? 길에서 수시로 길을 물었다.

50㎏이 넘는 짐을 짊어진 야크가 코에서 김을 내뿜으며 순한 눈을 껌뻑였다. 야크 무리는 길잡이 목동의 "허이! 하!" 하는 신호에 따라 느릿느릿 발을 옮겼다. 녀석들은 주인의 목소리를 용케도 구분했다. 짬짬이 길가의 풀을 뜯어 먹으며 여유를 부렸다. 이 좁고 가파른 길에서 짐을 운송하려면 야크, 당나귀의 힘이 절대적이었다. 세르파들의 등짐 나르기와 함께 큰 몫을 하고 있었다.

바닥은 그야말로 야크 똥 천지였다. 풀을 먹는 녀석들의 똥은 다시 분해되어 흙이 되었다. 사라지고 말 모든 물상의 순환이 발아래 펼쳐져 있었다. 마을 어귀에서 야크 똥을 넓적하게 빚어 바위에 붙여 말리는 모습을 볼 수 있었다. 화력이 좋아 땔감으로 안성맞춤이었다. 우리나라 소처럼 야크는 버릴 것이 하나도 없는 가축이었다.

주인이 따로 없을 것 같은 대자연에 담장을 쌓아 내 것과 네 것을 나누었다. 구멍 숭숭 뚫린 돌담이 구불구불 이어졌다. 담 위에 널어놓은 양은 냄비가 반짝 은색 광을 내뿜었다. 냄비를 반들반들하게 닦아 햇빛에 말리던 시절이 내게도 있었지……. 천천히, 느긋하게 시계의 태엽이 거꾸로 감겼다. 흐르는 물가에서 엄마와 아이들이 빨래를 하고 있었다. 그 광경이 흡사 놀이터에 놀러 나온 것처럼 보였다. 한 노인이 햇볕이 분분한 너럭바위에 누워 잠들어 있었다. 바위에 널어놓은 빨래가 형형색색으로 나풀거렸다. 모든 것이 놀이였던, 새털처럼 가볍던 때가 눈에 아른거렸다. 황혼의 나는 이제 여행마저도 일처럼 느껴진다. 그 많던 놀이는 다 어디로 사라진 것일까?

숙소에 들어가다 보니 방 번호 밑에 '박영석 room'이라고 쓰여 있었다. 박영석 대장은 히말라야 14좌 완등, 세계 7대륙 최고봉 완등, 남극점·북극점 원정에 성공하여 세계 최초로 산악 그랜드슬램을 달성한 산악인이다. 생전에 그분이 여기에 묵었음을 기념한 게다. 다른 나라 유명 산악인이 묵었던 방들과 어깨를 나란히 하고 있었다. 송구한 인연이었다. 바람이 솔솔 스미는 이 남루한 방이 성지처럼 여겨졌다. 방에는 한 점의 온기도 없었다. 옆방 대원들도 잠들지 못하고 부스럭거렸다. 침낭 속에 뜨거운 물을 넣은 보틀을 밀어 넣고 얼른 지퍼를 채웠다.

아침 햇살이 창을 노크했다. 문을 나서니 코발트 빛 하늘이 마중 나와 있었다. 마당 가득 햇볕이 고여 있었다. 태양은 처마에 매달린 고드름을 녹이고 지붕 위에 돋았던 서리의 흔적을 지폈다. 이토록 척박한 곳을 견디게 하는 힘, 바로 이것이었구나! 밤새 뒤척이게 했던 의문이 풀렸다. No, problem! 추위를 활기차게 툭툭 털어 말리고 있는 저 찬란한 햇빛, 눈부셨다. 담벼락에 기대어 해바라기 하던 어린 시절이 떠올랐다. 이불을 내걸고 있는 아낙의 손놀림이 여유로웠다. 하루를 시작하고 멈추게 하는 태양 신호등이 가동을 시작했다.

외국인 여성이 말에 실려 하산했다. 밤새 고산병에 시달리다 중도 포기하는 등반객이었다. 젊고 건강해 보이던 그녀가 당했단다. 술렁술렁 분위기가 흔들렸다. 겪기 전엔 누가 고산병에 약한 체질인지 알 수 없단다. 단연 비아그라가 첫 번째 치료제로 등장했지만, 타이레놀과 같은 간단한 진통제도 약이 되었다. 산악 대장은 천천히 걸으며 적응 기간을 두는 방법이 최고라고 했다. 평소 몸에 배어 있던 '빨리빨리'에 브레이크가 걸렸다. 하긴 그리 호락호락하게 제 품에 들이겠는가. 해발 3,440m에 위치한 남체바자르에서 서행을 하며 산신령을 달래고 또 달랬다.

얼핏 만국기처럼 보이는 룽다와 다르초가 마을과 계곡, 산등성이에 오색찬란한 물결을 이루고 있었다. 룽다는 티벳어로 '바람의 말(馬)'을 의미한다. 바람을 타고 진리가 세상 곳곳으로 퍼져 나가 중생이 해탈에 이르기를 바라는 염원이 담겨 있었다. 흰색, 초록색, 파란색, 노란색, 빨간색의 얇은 천에 옴마니밧메훔 같은 만트라나 불교 경전을 목판으로 찍어 놓았다. 바람이 쉴 새 없이 깨알같이 새겨진 불경을 읽고 지나갔다. 허허로운 그들의 믿음이 부질없는 나의 기도를 허공에 나부끼게 했다.

드디어 세상 가장 높은 곳에 위치한 호텔 '에베레스트 뷰'에 당도했다. 3,880m에 자리 잡은 곳, 여기가 최종 목적지였다. 에베레스트가 당당하게 그 모습을 드러냈다. 에베레스트 옆으로 창체(북쪽 7,553m)·쿰부체(북서쪽 6,640m)·눕체(남서쪽 7,855m)·로체(남쪽 8,516m) 등의 산이 나란히 자리하고 있었다. 석양이 내리자 영봉들은 마치 불이라도 붙은 듯 활활 타올랐다. 신이 허락해야만 볼 수 있다는 장관이었다. 내가 무슨 장한 일을 했다고 이렇게 귀한 선물을 받는 걸까? 나의 환호에 장엄은 오래도록 화답했다.

새벽 5시 반에 전망대에 다시 올랐다. 유리창이 깨질 듯 쨍한 추위였다. 잠이 덜 깬 무릎이 불화살을 맞은 듯 아렸다. 수많은 봉우리에 둘러싸여 일출을 기다렸다. 이 거대한 산맥 아래 서 있는 내가 마치 한 점 티끌처럼 미미하게 느껴졌다. 마음이 하얗게 비워졌다. 오로지 현재 살아 있음에 감사했다.

뿌연 여명을 헤치고 솟아나온 태양은 에베레스트를 서서히 물들였다. 옆의 산들도 시차를 두고 붉어지기 시작했다. 순정한 빛은 내 안의 세포를 하나둘 깨우기 시작했다. 나도 모르게 두 팔을 번쩍 들었다. 가슴 깊은 곳에서부터 자유! 자유라는 소리가 터져 나왔다. 한 번도 만난 적 없는 원초적 외침이었다. 마음 가득 통쾌함이 번졌다.

생명체를 품지 못하는 설산은 굼뜰 거리는 해를 잉태하고 있었다. 태양은 아침이면 이 영봉에서 태어나 온종일 그 빛을 거두지 않았다. 밤이 되면 그 품에 몸을 뉘었다.

에베레스트가 해를 품었듯이 나도 가슴에 산을 품었다. 나의 시간은 거기서 멈추었고 영원으로 흐르는 듯했다. 나는 어쩌면 이 숭엄을 다시 만나지 못할지도 모른다. 그래도 나는 세상을 다 가진 듯하다. 그곳에 진실로 원초적인 내 영을 묻고 왔기에.

알람브라 궁전의
추억

그라나다를 향하는 길은 알람브라를 의미했다. 알람브라는 아라비아어로 '붉은 성'이라는 뜻이다. 쨍쨍한 햇빛 아래 알람브라 궁전이 위용을 드러냈다. 궁전의 입구는 세계 각지에서 찾아온 관광객들로 붐비고 있었다.

한줄기 음악이 바람결을 타고 마중 나왔다. 흐느끼는 듯, 물결치듯 흐르고 있는 음악은 바로 〈알람브라 궁전의 추억〉이었다. 절로 걸음이 멈춰졌다. 청바지 차림에 갈색 부츠를 신은 청년이 장발을 늘어뜨린 채 눈을 감고 클래식 기타를 연주하고 있었다. 그는 기타를 연인인 양 꼭 껴안고 있었다. 그래서인지 마치 음악이 그의 가슴에서 흘러나오는 듯했다. 나는 청년의 연주에 빠져들었다.

〈알람브라 궁전의 추억〉은 당대 스페인 최고의 기타리스트인 프란시스코 타레가(Francisco de Asís Tárrega y Eixea, 1852~1909)의 작품이다. 그는 제자였던 미망인 '콘차'와 사랑에 빠졌다. 둘은 알람브라 궁전에서 애틋한 사랑을 키웠지만, 맺어지지 못했다. 실연의 상처를 지울 수 없었던 타레가는 궁전 한 귀퉁이에서 이 곡을 작곡했다. 얼마나 절절한 사랑이었기에 이토록 애절한 곡조가 태어난 걸까? 애련의 비가가 알람브라 궁전을 촉촉하게 휘감고 있었다.

넋 놓고 있는 내 어깨를 누군가 툭, 쳤다. 남편이었다. 그는 어색하게 웃으며 연주자 앞에 지폐 한 장을 놓았다. 그리고는 내 손을 꼭 잡았다.

무슨 이유에서인지 우리는 늘 뚝 떨어져 걷기 일쑤였다. 이번 여행지에서도 앞서거니 뒤서거니, 떨어졌다 만나기를 되풀이했다. 인파 속에서 남편을 찾느라 엉거주춤 서 있기를 여러 번, 이젠 같이 좀 다니자는 내 투정에도 아랑곳하지 않던 그였다. 손을 잡는다는 건 언감생심 바라지도 않았는데 어쩐 일일까?

"잃어버릴까 봐 그래."

지그시 손에 힘을 준다. 혹시 연주가가 마술이라도 걸은 걸까? 손깍지까지 끼고 유유히 걷고 있는 그가 새삼스러웠다. 별안간 가슴이 두근거렸다. 기타의 멜로디가 내 걸음을 따라다니기 시작했다.

이슬람의 나스르 왕조는 쉽게 무너지지 않을 난공불락의 요새 알람브라를 건설했다. 그러나 왕위 다툼은 그들을 서서히 몰락의 길로 인도했다. 1492년 1월 카스티야-아라곤 왕국의 강력한 레꽁키스타(Redonquista, 재정복 운동)에 밀려 결국, 최후를 맞는다. "영토를 빼앗기는 것보다 이 아름다운 궁전을 두고 떠나는 게 가장 슬프다." 이슬람 최후의 왕 무함마드 12세 보압딜(Boabdil, 재위 1482~1483, 1487~1492)의 통한이 궁궐 곳곳에서 아프게 다가왔다. 망국의 설움이 서려 있기에 아름다움은 더 처연하게 보였다. 보압딜 왕은 알람브라의 원형이 보존되길 바랐다. 거부할 수 없는 아름다움이 너그러움을 낳았을까? 이사벨 1세 여왕은 보수 목적이 아닌 궁궐의 변형을 금했다. 무능한 왕일망정 그가 남긴 말의 무게가, 약속을 저버리지 않은 새 정권의 심미안이 고마웠다. 세계문화유산으로 등재된 알람브라는 죽기 전에 꼭 가 봐야 할 명소 중 하나가 되었다. 따라서 알람브라가 없는 그라나다는 무의미했다.

알람브라의 여름 별장 헤네랄리페(Generalife) 궁으로 향했다. 뜻밖에 길 양옆에 근위병처럼 도열해 있는 사이프러스들의 사열을 받게 되었다. 이 나무 터널은 마치 대패로 깎아 낸 듯 반듯했다. 이 광경을 사진으로 남기고 싶었으나 규모가 방대하여 다 담기 어려웠다. 카메라를 슬그머니 주머니에 넣었다. 가슴을 펴고 팔을 활짝 벌렸다. 초록이 가슴으로 들어왔다.

헤네랄리페의 수로의 안뜰(Patio de la Acequia, 아세키아)에 들어섰다. 아치형의 회랑이 이어졌다. 발코니에 서니 주변의 풍광이 한눈에 보였다. 자연은 또 하나의 예술품이었다. 중앙의 긴 수로를 따라 물이 흘렀다. 분수가 포물선을 그렸다. 장미와 은매화, 오렌지나무와 석류나무 등 온갖 꽃과 열매가 은은한 향기를 품어 내었다. 『코란』에 천국은 하나의 호사스러운 정원으로 묘사된다고 한다. 그 천국이 있다면 바로 이런 모습이 아닐까?

　궁 위쪽 정원에 들어서자 헐벗은 고목이 눈에 들어왔다. 밑동이 잘린 채 끈으로 단단히 고정되어 벌서듯 서 있었다. 이 고목은 왕비와 아벤세라헤스 가문의 한 귀족이 키스하는 장면을 목도했다는 죄목으로 처형당했다. 죽어서도 벌을 받는 형상이었다. 술탄의 복수는 잔인했다. 정부(情夫)의 가족 전체를 잔치에 초대하여 한날한시에 조용히 몰살했다. '눈에는 눈, 이에는 이'라는 이슬람의 철두철미한 복수를 고목이 대변하고 있었다. 일부다처제를 누렸을 절대 권력도 한낱 질투에 눈이 머는가 보다. 피바람 끝에 유지했을 권력의 무게가 더없이 외롭게 느껴졌다. 사랑에 목숨 걸었던 당시의 연인들이 작금의 자유로운 연애 형태를 알게 된다면 얼마나 놀랄까? 유서 깊은 이 정원에 숨어 있을 욕망들이 그려졌다. 청아한 나이팅게일 울음이 한낮의 정원을 채워주고 있었다.

　세월이 켜켜이 쌓이는 동안 이슬람 궁에는 유럽의 각종 건축 양식이 보태졌다. 그중 합스부르크 왕조의 카를 5세(Charles V., 1500~1558)가 만든 궁정은 가장 아름다운 르네상스식 건물이라는 평가를 받았다. 외관이 사각형인 궁정의 내부는 독특하게 32개 기둥의 원형구조로 되어 있었다. 은발의 한 관람객이 중앙의 꼭짓점에 서서 노래를 부르기 시작했다. 마이크도 없건만 큰 울림이 공간을 메웠다.

"산타 루치아, 산타~~루치~아!"

그는 흥에 겨운 듯 손을 치켜들었다. 공명이 시원하게 가슴속을 훑고 지나갔다. 하늘이, 코발트 빛 하늘이 한층 높아 보였다.

석양의 알람브라궁을 보기 위해 그라나다의 옛 도시 알바이신으로 향했다. 몰락한 왕조의 국민들은 이곳 알바이신에서 쫓겨나 세계 각지로 흩어졌다. 그래도 무슬림들은 자신들의 터전을 잊지 않았고 기어이 되돌아왔다. 알람브라가, 그들의 알람브라가 그곳에 남아 있지 않은가.

언덕은 미로처럼 얽혀 있었다. 누구도 목적지를 묻지 않았다. 모두 한 곳을 향하고 있었다. 그저 앞사람을 따라 걸었다. 남편은 한 번 잡은 내 손을 내내 놓지 않았다. 오랜만에 잡아 본 손은 참으로 따뜻했다. 간격이 사라진 동행이 행복감을 주었다. 드디어 도착지 성 니콜라스 광장에 도달했다. 앞이 탁 터진 정면에 보이는 건 단 하나, 변함없는 붉은빛, 알람브라 궁전의 도도한 전경이었다.

알람브라 궁전은 점점 어둠에 함몰되어 갔다. 순간 궁을 감쌘 조명이 동시에 켜졌다. 우리는 가슴으로부터 터지는 벅찬 함성을 질렀다. 아라비아의 속담대로 천국이란, 어쩌면 그라나다 위에 있는 하늘나라의 한 부분일지도 모른다.

온종일 내 마음을 사로잡았던 〈알람브라 궁전의 추억〉이 어디선가 다시 감미롭게 흘러나왔다. 떠나간 연인은 이제 불빛에 사라지고 몰락한 알람브라가 구슬픈 가락에 얹혔다. 알람브라를 바라보며 슬픈 사연도, 굴곡진 역사도 모두 잊었다. 밤하늘의 초승달이 호기심 어린 눈으로 이방인을 내려다보고 있었다.

4

장미에게 들인 / 시간

밥은 먹었니?

　밤샘 촬영을 마친 아들이 새벽에 귀가했다. 지쳤는지 눈이 퀭하다. 24시간 편의점이 단골인 녀석, 오늘도 라면으로 때울 심산이었나 보다. 손에 라면 든 비닐봉지가 들려 있다. 나는 봉지를 낚아채고 서둘러 새 밥을 짓는다.

　"아이 괜찮아요. 이 새벽에 무슨 밥을 한다고 그러세요."

　그러면서도 싫지 않은 눈치다. 일하고 돌아온 아들에게 무조건 따뜻한 밥 한술 해 먹이고 싶다.

부스럭거리는 소리에 눈을 뜨고 나온 딸이 한마디 한다.

"에휴! 새벽에 무슨 잔치하셔요?"

툴툴거리는 지청구에 녀석이 움찔한다.

"내가 해달라고 한 거 아니야!"

"알아, 알아 인마! 너 때문에 잠이 확 달아나 버렸잖아."

티격태격하던 둘은 김이 모락모락 나는 밥을 보자 금방 순해진다.

문득 윤기가 좌르르 흐르던 엄마의 쌀밥이 떠올랐다. 엄마는 주발에 밥을 꾹꾹 담아주시며 '따뜻한 밥 잘 먹어야 복 있게 산다'는 말씀을 되풀이하곤 하셨다. 그 말이 주술처럼 새겨져 나는 평생 찬밥을 멀리하게 되었다. 엄마표 밥에는 여느 밥과 달리 독특한 단맛이 담겨 있었다. 지금도 그 순백의 밥을 떠올리면 나도 모르게 침이 꿀꺽 넘어간다.

어린 시절 우리 사 남매는 경쟁하듯 밥을 먹었다. 배가 덜 차면 서로 밥을 뺏어 먹기도 했다. 학교에서 돌아와 대문을 열면 늘 석유풍로 앞에 앉아 음식을 만들고 있는 엄마가 보였다. 그 바쁜 와중에도 엄마는 내가 들어오기 무섭게 밥상을 뚝딱 차리셨다. 엄마의 몸에는 늘 밥 냄새가 배어 있었다. 그래서인지 엄마를 떠올리면 밥 냄새부터 풍겨온다.

　끼니때가 아니어도 손님이 찾아오면 엄마는 무조건 쌀부터 씻었다. 마당 수돗가와 부엌을 오르내리며 종종걸음 치시던 모습이 눈에 선하다. 그렇게 차려진 밥상엔 늘 따뜻한 밥이 고봉으로 올라 있었다. 독일에 이민 간 사촌오빠는 향수병이 도질 때마다 엄마의 고봉밥을 떠올리며 마음을 달랬다고 한다. 밥이 뭐길래?

　내가 다니던 초등학교 근처에 커다란 돌산이 있었다. 그곳에선 가끔 다이너마이트 터지는 소리가 들려왔다. 6학년 때 내 짝은 그 돌산 근처에 살았다. 그 애의 손등은 늘 갈라지고 거무죽죽 터져 있었다. 점심때가 되면 그 손등에 얼굴을 묻고 엎드려 잠을 잤다. 지켜만 보던 어느 날 나는 도시락을 나누어 먹자며 젓가락을 내밀었다. 그 애의 얼굴이 별안간 환해졌다. 아이들이 도시락을 들고 우리 자리로 모여들었다. 동사무소에서 밀가루를 배급받아 수제비를 해 먹는다는 그 애는 밥이 너무 먹고 싶었단다. 밥을 먹을 수 없다니!

　집에 돌아와 엄마에게 그 이야기를 했더니, 엄마는 당장 양은으로 된 도시락 그릇을 하나 더 사 오셨다. 매일 똑같은 도시락을 두 개 싸주셨다. 돌이켜보면 그리 넉넉지도 못한 살림이었다. 그럼에도 엄마의 도시락 싸기는 그 애가 학교를 그만 두던 여름까지 계속되었다.

엄마는 가끔 당신의 초년 시절을 한숨처럼 들려주셨다. 외할아버지는 엄마가 세 살 무렵에 돌아가셨다. 작은 외할아버지 집에 온 식구가 얹혀살 수밖에 없었다. 외증조할머니와 사촌들까지 무려 20여 명에 달하는 대가족이었다. 배를 곯지는 않았어도 늘 눈칫밥을 먹어야 했다.

부산의 사업체를 접은 작은 외할아버지가 우리 집에 오신다는 기별을 보내왔다. 엄마는 광목을 다려 새 이불을 만드셨다. 밤늦게 도착하신 그분은 밤새 기침을 폭풍처럼 하셨다. 다음 날 아침 엄마는 밥상을 따로 차렸다. 그분은 밥을 반도 드시지 못했다. 그저 물끄러미 엄마를 쳐다보고 또, 우리를 바라보셨다.

"참 맛있구나, 잘 먹었다."

한마디를 남기고 이내 모자를 쓰고는 아버지의 부축을 받으며 방문을 열고 떠나셨다. 그분이 남기신 밥을 바라보며 엄마는 자꾸만 우셨다. 오래지 않아 그분은 돌아가셨다. 엄마에겐 아버지와 다름없는 분이셨다. 어쩌면 그분은 오랜 기간 동고동락했던 조카딸의 모습을 마지막으로 보고 싶으셨는지 모른다.

요즈막에 나는 먹는 양이 많이 줄었다. 외식할 때마다 밥을 남긴다는 핀잔을 듣곤 한다. 밥 잘 먹는 친지에게 미리 덜어 주면 될 것을 밥만큼은 양보가 잘 안 된다. 지금도 주발 뚜껑을 열고 김이 모락모락 나는 밥을 대하면 두근거리는 가슴을 주체 못해 괜한 욕심에 사로잡히고 만다.

예나 지금이나 엄마의 첫인사는 "밥은 먹었니?"이다. 그럴 때마다 요즘이 어느 시대인데 아직도 그런 말씀을 하시나 했다. 그런데 근래 들어 그런 나도 엄마를 닮아 가는지 아이들에게 묻곤 한다.

"밥은 먹었니?"

아들이 밥을 먹다 말고 "엄마, 같이 안 드세요?" 한다. 그런데 참 이상도 하다. 자식들 먹는 것만 봐도 진짜 배가 부르다. 엄마도 그랬을까?

나도 아픈
손가락

"엄마, 무얼 그렇게 하세요? 그만하고 얼른 이리 오셔서 앉
으세요."

엄마는 못 들은 척하며 일손을 멈추지 않았다. 가까이 가보
니 스티로폼 상자에 가득 담긴 멍게를 다듬고 계셨다. 놀라서
도우려 하자 굳이 당신 혼자 하겠다며 고집을 부리셨다. 생
전 그 생물은 사오는 걸 보지 못했는데 무슨 일인가 싶었다.

"너 많이 먹어라."

동생들 눈치 보며 엄마는 멍게 담긴 접시를 슬쩍 내 앞으로 밀어주신다. 은근한 목소리가 마음에 걸려 젓가락을 대다 말고 고개를 들었다. 엄마는 물끄러미 나를 바라보고 있었다.

"너 멍게 좋아하지?"

"엄마가 그걸 어떻게 아셔?"

"예전에 네가 그랬잖아. 시집 식구들 모두 모여 멍게를 먹는데, 열심히 다듬어서 내놓고 가보니 글쎄 네 몫은 거의 남아 있지 않더라고. 먹고 싶은 걸 참느라 참 속상했다고 그랬어. 시집살이라는 게 다 그렇지 뭐! 했지만 마음이 내내 안 좋았어. 오늘 아침에 너 온다기에 부리나케 시장에 갔더니 마침 멍게가 한창인 거야. 냉큼 사왔지. 이제라도 실컷 먹어라."

순간 목이 꽉 메어왔다. 머릿속이 하얘지는 것 같았다. 내가 언제 그랬더라? 잊고 있던 까마득한 옛일이었다.

달랑 전화 한 통 하고 엄마 냄새 맡고 싶어 달려온 길이었다. 엄마와 멀리 떨어져 사는 나는 늘 친정이 그립다. 외딴섬에 나만 뚝 떨어져 있는 느낌이랄까. 특히 몸이 아플 때는 엄마가 해주는 밥 한술 뚝딱 먹고, 한숨 푹 자고 나면 다 나을 것만 같았다. 그 마음을 엄마는 예감처럼 알고 계셨던 것이다.

같이 밥 먹던 두 여동생이 숟가락질을 멈추고 먹먹한 눈으로 나와 엄마를 번갈아 바라보았다.

"아이구, 엄마두 참 극성이셔! 이 멍게, 언니 혼자 다 먹어야겠다. 오늘은 언니한테 다 양보한다. 엄마는 유별나게 큰 언니만 좋아해!"

너스레를 떨며 분위기 수습에 나선 동생들이 고마웠다.

여동생들은 엄마가 계신 아파트의 같은 동과 옆 동에 산다. 내가 온다는 연락을 받고 열 일 제치고 반찬 한 가지씩 들고 달려온 것이다. 그리움이 간절하면 텔레파시가 통한다고 했던가. 그날 우리 세 모녀는 모처럼 그득한 밥상에 둘러앉아 이야기꽃을 피웠다.

엄마는 입버릇처럼 "막내딸 시집보내느니 내가 같이 간다." 하곤 했다. 말이 씨가 되었는지 엄마는 막내네 곁에 사신다. 동생의 살림살이를 알뜰하게 챙겨주면서도 "그런데도 늘 마음이 안 놓여!" 하신다.

한 번은 우리 집에 오셔서 구석구석 살펴보더니 너는 프라이팬이 두 개나 되니 하나는 당신 달라고 하셨다. 영문도 모르고 드렸더니 막내딸 갖다 준단다.

"그 애는 이런 거 어디서 어떻게 사는지도 잘 몰라."

엉뚱한 엄마의 말에 한바탕 웃은 일이 있었다. 막내 바라기는 언제쯤 멈출까? 엄마는 평생 새끼손가락만 아파하는 줄 알았다.

새삼, 생전의 아버지 말씀이 떠올랐다.

"네 엄마 외롭게 하지 마라. 엄마 참 고생 많이 했다! 내가 먼저 가더라도 네가 곁에서 잘 보살펴주었으면 좋겠구나!"

아버지는 병이 깊어지자 내 손을 잡고 절절한 눈빛을 보내셨다.

"아부지, 걱정 마셔요. 제가 잘할게요. 마음 편히 잡수시고 툴툴 털고 얼른 일어나세요."

나는 검푸른 빛을 띠고 있던 아버지의 손등을 쓰다듬었다. 30대가 채 여물지 않았던 그때의 나는 그것이 아버지의 마지막 유언인 줄 미처 몰랐다.

졸지에 나는 어설픈 보호자가 되었다. 어려운 상황이 생기면, 아버지는 이럴 땐 어떻게 하셨을까 하고 돌아다보곤 했다. 든든했던 아버지의 울타리가 그리워 허구한 날 눈물을 흘려야 했다.

나는 20여 년을 엄마의 보호자를 자처하며 살아왔다. 하지만 늘 마음만 앞서고 허둥대기 일쑤였다. 그나마도 엄마가 동생들 곁으로 이사한 후로는 이런저런 핑계를 대며 소홀해지고 있었다. 자주 찾아뵈어야지 하는 마음은 굴뚝같은데, 그 마음을 몸으로 살지 못하고 있어 자책감이 들 때가 한두 번이 아니었다.

오늘에야 비로소 나는 여전히 엄마의 보살핌을 받고 있는 연약한 딸이었음을 깨달았다. 엄마 기억 속의 나는 언제나 20대 초반, 제대로 가르칠 새도 없이 시집을 가버린 아픈 손가락이었다.

친정에 가면 엄마는 내게 일도 시키지 않는다. 동생들에게 하듯 무엇을 해오란 말도 하지 않는다. 나만 보면 늘 뭐가 불안한지 "너 이제 살림은 좀 하니?" 하고 버릇처럼 물으신다. 내가 이미 능숙한 주부 9단이 되었음을 알지 못한다.

시집살이에 지쳐 엄마에게 하소연하고 가면 몇 날 며칠을 잠 못 이뤘다는 말씀이 새삼 가슴에 와 박혔다. 치매를 앓으시는 시어머니를 모시고 마땅히 갈 곳이 없을 때도 엄마를 찾았었다. 엄마는 나의 든든한 후원자이기도 했다.

"엄마 걱정 말고 너나 편하게 잘 살아. 네가 그랬잖아. 엄마가 아프면 우리 집은 그날부터 비상이라고. 내 몸은 내가 알아서 잘 챙길게. 나 혼자서도 온종일 이것저것 할 일이 많

아. 재미나게 잘 살고 있으니 너무 걱정하지 말어. 그게 나
도 편해."

엄마는 짐짓 씩씩한 말투로 내 등을 다독인다. 맏딸에게 짐
이 되지 않으려는 팔순 노모의 안간힘에 마음이 숙연해진다.

후루룩 마시듯 멍게를 먹는 나를 보느라 그날 엄마는 밥도
제대로 드시지 못하셨다.

신조어 유감

'밤이 깊었네. 밥은 먹었니?'

연구소에서 밤샘 작업하는 딸에게 카톡을 보냈다.

'마더 혜레사, 혼밥'

답장이 마치 공작원 접선 문자 같다.

풀이하자면 연기자 김혜자의 이름을 걸고 판매하는 편의
점 도시락을 지금 혼자 먹고 있다는 말이다. GS25 편의점에서 판매하는 '김혜자 도시락'은 인기가 있어 '마더 헤레사' '혜자 푸드' '갓 혜자'로 불리고 있단다. '편도족' 딸답다. 편도족, 즉 편의점 도시락으로 끼니를 때우는 사람을 일컫는 신조어이다.

"인스턴트식품 먹이지 않으려고 얼마나 애를 썼는데……."

나의 잔소리에 딸은 며칠 전 편의점 도시락 몇 종류를 사가지고 왔다. 전자레인지에 살짝 데우니 정말이지 금방 차려낸 밥 같았다. 메뉴마다 반찬이 서너 가지라 간단한 식사로는 별반 손색없어 보였다. 저렴한 가격에 골라 먹는 재미까지 있다고 딸이 너스레를 떨었다. 인터넷을 찾아보니 식자재도 많이 개선되었단다. 일단 마음이 놓였다.

'국물이 없어서 어째?'

'푸라면'

'신라면'을 곁들여 먹고 있단다. 엄마의 채근에 길게 답할 기운도 없나 보다. 나는 지레 카톡을 멈춘다.

'타임 푸어, 안뇽'

자신은 시간에 쫓기고 있다, 엄마는 걱정 마시고 안녕히 주무시라는 말로 알아듣는다. '힘내' 하고 카톡을 맺는다.

바쁘다며 말이 점점 줄던 딸은 요즘 들어 부쩍 낯선 문자를 많이 쓰고 있다. 그나마 평소 딸아이의 상태를 잘 알고 있기에 이해 가능했다. '버거충' '눈팅' '볼매' '노잼' '먹튀' '듣보잡' '꿀잼' '넘사벽' '귀요미' '안물' 등의 말을 처음 문자로 받았을 땐 우주 밖 외계인과 소통을 하는 기분이었다.

전에는 생소한 신조어들을 아이들에게 묻곤 했다. 귀찮아하는 기색이라도 보이면 무시당한 듯한 열등감마저 들었다. 괜스레 화가 났다. 세종대왕 님께서 얼마나 고생해서 만든 신성한 한글인데…… . 운운하며 투덜대기도 했다. 지금은 난무하는 신조어 더미에 깔려 허우적대면서도 인터넷을 찾아보며 곧잘 낄낄 웃곤 한다.

하긴 신조어는 오래전부터 있었다. '오렌지족'이란 말을 처음 들었을 때 신기해하던 기억이 새롭다. '사오정' '오륙도' '삼팔선' 등의 말들이 남편에게도 적용될까 봐 가슴 졸이기도 했다.

'촛불 정국' 소식으로 어수선할 때 엄마는 그만 낙상을 하고 말았다. 둘 사이에 무슨 연관이 있겠냐마는 엄마는 갑자기 다리에 힘이 빠지더란다. 한 번 주저앉은 다리는 이내 걷지를 못하고, 급기야 일어나 앉지도 못하게 되었다. 의사도 원인을 몰라 쩔쩔매다가 꼬리뼈에 금이 간 것 같으니 꼼짝 말고 누워 계시라고 했다. 엄마와 나의 어쩔 수 없는 동거가 시작되었다.

엄마는 우리 집 거실에 당신의 환자 침대를 설치하라더니 하나밖에 없는 텔레비전을 독차지했다. 리모컨을 쥔 자가 그 집안의 최고 실권자라는 말이 있지만, 리모컨 하나 건드리지 않고도 엄마는 곧 실권자로 부상하였다.

아이들이 슬금슬금 눈치를 보며 오락 프로를 보고 있을라 치면 "거 '최순실 쇼' 좀 틀어봐라!" 하신다. 처음에는 이게 무슨 말씀인가 영문을 몰랐다. 알고 보니 '최순실 국정농단사건'을 실시간으로 쏟아내고 있는 뉴스 또는, 시사 프로그램으로 채널 좀 돌리라는 말이었다. 엄마의 엉뚱한 비유에 쓴 웃음이 나왔다. 그날 이후 한동안 우리 집에선 '최순실 쇼'가 그칠 날이 없었다. 하지만 그 '쇼'를 감당하기 어려운지 엄마의 표정은 나날이 어두워졌다. '최순실 쇼'는 그야말로 웃지 못할 신조어가 되었다.

대선 정국이 되자 대통령 후보들은 신조어를 내뿜기 시작했다. 문재인 후보는 '어대문' '이대문' '안모닝' '안슬림'을, 홍준표 후보는 '안찍박' '문찍김'을, 안철수 후보는 '홍찍문' '문모닝' '문슬림'을 각각 피력했다. 이건 또 무슨 소리일까? 알고 보니 단순한 언어 조합이 아니라 정치적 의미를 지니고 상대를 공격하는 말들이었다. 신조어는 특성상 긍정적 의미보다 네거티브 속성을 지니게 된다. 고양된 시민의식을 온 마음으로 체득했던 나는 품격 높은 경쟁을 보여주길 열망했다. 부정적인 말보다 긍정적인 신조어를 듣고 싶었다. 미국의 오바마 전 대통령의 멋진 연설이 떠올라 아쉬움으로 남았다.

언어는 어쩔 수 없이 그 시대를 아우른다. 그 생겨남을 막을 수도 없지만, 시간과 상황이 종료되면 슬그머니 사라져 버린단다. 그래서 철 지난 말을 아재말, 줌마말이라고 놀리기도 한다.

요즘에는 '헬조선' '고나리자' '월급 고개' '월급 로그아웃' '쉼포족' '취준생' '공시오패스' '티슈 인턴' '달팽이족' 등의 신조어가 회자하고 있다. 신조어는 어쩌면 바쁘고 삭막한 일상을 견뎌내는 하나의 언어유희일 것이다. 보다 활기차고 긍정적인 언어를 창출해 낼 수 있는 신나는 나날을 기대하며, '사이다'를 외쳐본다.

아침에 미국에 사는 남동생으로부터 '지금 혼술 중'이라는 문자가 당도했다. 비가 내리면 고향 생각이 더 난단다. 동생도 신조어로 향수를 달래고 있었다.

엄마의
노랑 블라우스

"나, 그거 사고 싶어!"

세 자매의 수다가 딱 끊겼다. 돌아보니 엄마는 무표정을 거두고 모처럼 생기를 띠고 있었다.

"뭐를요?"

"그러니까 머리에 대고 이렇게 돌리면 붕 뜨게 하는 거 있잖아. 돌리고 슬슬 빼. 그러니까 머리가 하나 가뜩 부풀어 올라, 요렇게."

엄마는 어눌한 손을 들어 머리에 갖다 대고 동그랗게 원을 그렸다. 명확치 않은 엄마의 손놀림에 마음이 동동거렸다.

"아, 고데기?"

머리 손질 잘하는 여동생이 대답했다. 엄마의 눈빛이 반짝였다. 연신 누워 지내다 보니 당신의 떡진 머리가 한심해 보였나 보다.

전엔 친정 현관 들어서기 무섭게 나를 닦달했던 엄마였다. 머리 꼴이 그게 뭐야! 꼭 시골에서 갓 상경한 촌뜨기 같아. 우찌마끼로 예쁘게 하고 다니면 얼마나 좋아. 옷은 왜 꼭 어린애처럼 입고 다니니. 신발은 또 어디서 저렇게 투박한 걸 구했을꼬. 나만 보면 야단이 났다. 머리끝부터 발끝까지 마음에 안 든단다. 남이 들으면 의붓자식 왔나 할 지경이었다. 일찍 시집보낸 허전함을 그렇게 풀고 계시나 하면서도 늘 서운했다. 집에서 신던 슬리퍼 바람에 짬만 나면 달려가고 싶은 곳이 친정이건만 움찔 거울 한 번 더 보게 되었다. 그러던 분이 근자에는 내가 봉두난발을 하고 가도 아무 말 없이 쳐다보기만 했다.

엄마는 입성이 좋아야 대접받는다고 입버릇처럼 말씀하셨

다. 없는 살림에도 동네 양품점을 단골로 드나드셨다. 외상 장부를 달아 놓고 자식들 옷을 사들였다. 내 취직 소식을 듣자마자 제일 먼저 달려가 초록색 원피스를 사 오기도 하셨다.

한 번은 캐비닛을 여는데 못 보던 노랑색 블라우스가 있었다.

"하도 예쁘다 해서 사 왔는데 어때?"

엄마는 수줍게 웃으시며 말씀하셨다. 어린 내가 봐도 눈이 부시게 고왔다. 엄마는 때로 그 옷을 꺼내 거울에 비춰보곤 했다.

"엄마, 그 블라우스는 왜 맨날 보기만 해?"

엄마는 빙긋이 웃기만 했다. 아까워서 애낀다 하셨다가, 나중엔 맞춰 입을 만한 옷이 없다 했다. 결국, 나비처럼 팔랑이던 그 옷을 한 번도 입지 못하셨다.

우리 남매가 모두 출가하고 여유가 생기자 엄마는 비로소 당신만을 위한 단골을 만드셨다. 남대문 시장 옷 골목까지 지하철을 타고 다니곤 하셨는데 감도 좋고, 세련된 모양으로 잘 골라왔다. 갑자기 어디를 모시고 가게 돼도 단정하게 입고 나타나셔서 나도 모르게 어깨가 으쓱했다.

그러던 분이 파킨슨병으로 몸져눕게 되자 옷에 대한 관심이 사라졌다. 앞 터짐 옷을 사다 드리자 줄창 그 옷에 파자마만 입으셨다. 사람 오는 것도 꺼렸다. 휠체어를 타고 바깥바람을 쐬자고 해도 머리를 흔들었다. 만사를 귀찮아했다. 식사량도 줄어 많이 여위었다. 의욕이 사라진 엄마를 바라보며 이러다 영영 못 일어나시는 건 아닐까 더럭 겁이 났다.

병원 진료를 마치고 나오는데, 엄마가 갑자기 분홍색 레이스 달린 잠옷을 사러 가자고 했다. 누워만 계신 분이 뚱딴지같이 웬 레이스? 어느 TV 드라마에서 아무개 탤런트가 입고 나왔단다. 엉뚱한 말씀에 한바탕 웃음이 터졌다. 웃다 보니 나도 모르게 눈물이 났다. 얼른 눈물을 감추었다. 어리둥절하고 계신 엄마에게 물었다.

"그게 그렇게 입고 싶으세요?"

"응!"

엄마는 서슴없이 대답하신다. 엄마 마음에 어느새 예쁜 옷이 다시 들어와 있었다. 아파도 엄마는 여자였다.

우리가 들어간 양품점에는 그 비슷한 모양은커녕 엄마의 양에 차는 잠옷이 없었다. 엄마는 고집을 꺾지 않고 우리 눈치만 살폈다. 도대체 어떤 레이스기에 이리 엄마의 마음을 사로잡았을까? 궁금해 방송국에 전화해보고 싶을 지경이었다.

꼭 원하는 걸 사드리고 싶었지만 환자를 모시고 찬바람에 이리저리 다닐 수도 없어 평범한 잠옷 한 벌을 사드렸다. 못내 아쉬운 표정을 짓는 엄마의 마음을 나는 짐작할 수 있었다. 나도 그랬으니까. 엄마라고 다를 리 있겠는가.

병세가 차츰 호전세로 돌아서자마자 엄마는 머리 염색 타령을 시작했다. "아픈데 머리가 좀 하야면 어때서 그러서? 요즘 트렌드가 염색 안 하는 거야." 우리가 온갖 감언이설로 말려도 막무가내, "내가 너무 나이 들어 보이지?" 하며 거울로 머리를 이리저리 비춰보곤 했다. 결국, 우리 몰래 요양사의 부축을 받으며 지팡이를 짚고 미장원에 다녀오셨다.

이젠 한술 더 떠 고데기 타령이시다. 외출도 마다하는 양반이 그게 왜 필요한 걸까? 막내가 눈을 찡끗하며 우리에게 사인을 보냈다. 또 아차 했다. 무조건 이구동성으로 모처럼 엄마가 가지고 싶어 하는 상품을 찬양했다. 다소곳이 앉아 계신 엄마의 얼굴에 문득 노랑나비가 펄럭이며 지나갔다.

장미에게
들인 시간

점심때 온다던 아들네가 늦을 것 같단다. 프리랜서인 아들은 작업 시간이 늘 들쑥날쑥하다. 급히 보내주어야 할 뮤직 비디오 편집이 이제 막바지란다. 결혼 전에도 밥 한 끼 같이 먹기 힘들더니 장가가서도 신혼 살림집이 지척이건만 또 그 모양이다. 전화 수화기를 내려놓으며 남편은 "에그, 녀석" 하더니 TV를 켠다. 툴툴거리지만 아들 기다리기 프로젝트(?)

에는 이미 이골이 났다.

음식 차리던 손길을 멈추고 식탁에 앉아 읽다가 접어놓은
『어린 왕자』를 펼쳤다. 이즈음 친구들이 『어린 왕자』를 같이
읽자고 했다. 이 나이에 『어린 왕자』라니! 했는데 한번 손에
잡으니 놓을 수가 없었다. 문장 하나하나가 지금의 나를 들
여다보는 듯했다. 마침 어린 왕자가 여우를 만나는 대목을
읽을 차례였다.

"길들인다는 게 뭐야?"

어린 왕자가 물었다.

"관계를 맺는다는 뜻이야. (……) 아름다운 황금빛 머리카락을 지
닌 네가 나를 길들인다면 밀밭은 내게 아주 근사한 광경으로 보일
거야. 밀밭이 황금물결을 이룰 때 네가 기억날 테니까. 그러면 나는
밀밭을 스쳐 지나는 바람 소리마저도 사랑하게 될 거야."

"내가 어떻게 하면 되는데?" (……)

"인내심이 필요해. (……) 말은 수많은 오해의 원인이 되거든. 하지
만 하루하루 시간이 지날 때마다 넌 내게 조금씩 다가오게 될 거
야."

아들네를 기다리며 읽어서인지 저절로 아들과 며느리의 인연이 연상되었다. 고등학교 때 미술학원에서 만나 친구처럼 지내다 결혼까지 하게 된 녀석들이다. 결혼을 앞두고 전화로 티격태격 싸우는 소리를 듣고 잔소리를 했다. 이러다가 이별하는 건 아닐까 했던 기우가 사라지고 이제는 며느리가 어머니! 하고 부르는 소리만 들어도 저절로 미소가 어린다. 나도 어느새 길든 걸까? 매일 먹는 점심, 조금 늦으면 어떤가. 초조함이 눈 녹듯 사라졌다.

"만일 네가 오후 4시에 온다면 나는 3시부터 행복해질 거야. 4시가 가까워질수록 나는 점점 더 행복해지겠지. 마침내 4시가 되면 가슴이 두근거리고 안절부절못하게 될 거야. 그러면서 행복이 얼마나 소중한 것인지 깨닫게 돼."

심장이 탁 멎을 것만 같았다. 우리를 기다리며 마당을 서성거리던 시어머니 모습이 떠올랐다. 나는 그때 어머니께 무슨 말을 했던 걸까?
어머니는 늘 담을 내다보며 우리가 오길 기다렸다. 아버님이 채근해도 막무가내였다. 좀 일찍 오면 어때서? 우리가 들어서면 막내 시누이는 대뜸 잔소리부터 했다. 아무리 일찍 가도 어머니에겐 늦은 시간이었다.

분가한 후 일요일 아침마다 나는 꼭두새벽부터 아이들을 깨웠다. 추우나 더우나 마당에 서 계실 어머니가 마음에 걸려 점점 깨우는 시간이 빨라졌다. 칭얼거리는 아이들을 씻기고, 입히느라 분주했지만 정작 꾸물거리는 이는 남편이었다. 격무에 시달려 그랬겠지만, 부모님 집에 가는데 뭘 이렇게 서두르냐며 짜증까지 냈다. 흥! 본인에게 본가는 세상 편한 집이었으리라. 하지만 하루 종일 시댁에 콕 박혀 잠만 잘 위인이, 아이들과 놀이동산 한 번 가지 않는 남편이 미워져 티격태격하기도 했다.

"어머니, 저희가 8시에 도착한다고 했지요? 안심하고 계시다가 5분 전에 마당에 나와 계셔요. 제발 그렇게 하셔요?"

"걱정 마. 내가 좋아서 하는 일인데 뭐."

어머니는 고개를 끄떡이며 오히려 계면쩍어하셨다.

"어머니 건강이 걱정되어 야단들 났어요."

어머니는 그냥 빙그레 웃기만 하셨다. 아무리 다짐을 받아도 늘 원점이었다.

한 번은 작전을 바꿨다.

"내일 아이들 데리고 어디 갈 데가 있어요. 아마도 가지 못할 것 같아요. 기다리지 마세요?"

"아휴 그럼. 아이들 좋은 거 많이 봐야지. 시간 나면 오너라."

'못 간다 하는데도 오라니? 혹시 눈치채셨나?' 설마 했다. 강박에서 벗어나니 시간을 번 듯 마음이 여유로웠다. 깜짝 놀라게 해드릴 요량으로 부지런히 친가를 향했다. 헌데 어찌 된 일인가? 어머니는 여전히 내다보며 서 계신 게 아닌가! 시누이 말이 그날은 날이 새자마자 나가 기다리셨다는 거였다. 잘하려고 했던 게 오히려 더 고생만 시킨 꼴이 되었다.

"네가 아무 때나 온다면 언제부터 마음의 준비를 해야 할지 모르잖아, 그래서 의식이 필요한 거라고."

그랬다. 어머니와 약속한 시각은 8시였고, 어머니는 한 시간 전부터 나와서 기다렸고, 그 기다림은 마침내 의식처럼 굳어진 것이리라.

마당을 서성이는 동안 어머니는 우리가 꼭 올 것이라는 믿음과 싸우며 안절부절못하셨을까? 한 시간 전부터 정말 두

근두근하셨을까? 우리를 기다리는 동안 진정 행복하셨을까? 그때 나는 미처 어머니의 마음을 몰랐다. 다정도 병이야! 하며 어머니의 사랑이 감당하기 힘든 집착처럼 느껴졌다.

"비밀 하나를 알려줄게, 아주 간단한 건데. 마음으로 봐야 잘 보인 다는 거야. 정말 중요한 것은 눈에 보이지 않아."

책은 어린 왕자가 별로 돌아가는 마지막 부분을 남기고 있다. 아들네는 오지 않는다. 나는 『어린 왕자』를 덮고 베란다 를 서성이며 젊은 부부가 걸어 올라올 길을 하염없이 내다본다. 마치 지난날 담장 밖을 내다보며 우리를 기다리던 어머니처럼. 당신도 이런 마음이었을까?

"네 장미가 너에게 그토록 중요한 것은 네가 장미에게 들인 시간 때문이야."

여우의 말이 환청처럼 맴돈다. 바쁜데도 뵈러 오겠다는 아 들네의 마음이 안쓰러워 오지 말고 편하게 쉬라고 할까? 하다가도 보고 싶어 언제나 오나 하고 기다려지는 마음. 기다

리게 해도 하나도 서운한 마음이 들지 않는 그런 기다림. 어
머니의 마음을 이제야 읽는다.

남편은
적응 중이다

"빵집이 없어졌어."

남편이 당황한 목소리로 전화를 걸어왔다. 동네를 환하게 밝혀주던 '파리바게뜨' 빵집이 하루아침에 없어졌단다.

"며칠 전에 떨이로 묶은 빵을 당신이 사 들고 오지 않았어요?"

다시 한 번 찾아보라 했다.

"글쎄, 몇 번을 훑어보아도 뵈지 않는다니까 그러네!"

전화기 너머 남편의 짜증 섞인 소리가 들렸다.

10여 년 전 버스 정류장 근처 상가를 차지한 이래 동네 빵 집을 하나하나 문 닫게 했던 그 위세가 마침내 꺾였단 말인 가? 그때였다. 따르릉~~ 숨 가쁘게 전화가 다시 울렸다. 드 디어 빵집을 찾았단다. 빵집은 예의 그 자리에 멀쩡히 서 있 었다. 어두운 유리 벽 때문에 간판을 미처 보지 못했다 한다. 아들 생일 초대에 가져갈 '조그만 케이크'가 아주 많다며 어 린아이처럼 들뜬 목소리였다.

불황으로 폐업했나 보네 어쩌네 하며 안타까워하던 나는 어이가 없었다. 웃음이 나왔다. 전에 같으면 아내의 불평을 귀에 담지 않았을 그였다. 미리 좀 사다 놓지 그랬냐는 잔소 리를 예상하던 나는 그이가 수고를 아끼지 않고 빵집을 찾아 낸 게 여간 신통하고 대견스러운 게 아니었다.

'그래, 이렇게 한 걸음씩 적응해 나가는 거지 뭐!'

요즘은 퇴직을 앞둔 공무원, 군인, 회사원들이 자립을 위해 일정 기간 교육받는다 하지 않는가.

그이는 지난 연말, 운영하던 디자인 연구소의 문을 닫았다. 격무와 스트레스에서 벗어나게 된 그는 소년처럼 해맑은 표정으로 돌아왔다. 그에게 하루하루 신세계가 펼쳐졌다.

은퇴한 다음 날부터 그는 심부름을 자청했다. 하지만 그의 신나는 표정과는 달리 차라리 아니함만 못했다. 길쭉하고 날씬한 오이 사오라고 시키면 통통한 오이를 사오기 일쑤였다. 뭐라 나무라면 그렇게 생긴 오이는 눈을 씻고 봐도 없단다. 그 마켓의 자랑인 오이가 그이만 가면 왜 매번 자취를 감추는 걸까? 또, 포도를 사오라고 심부름을 시키면 한물간 물컹한 포도를 집어왔다. 어쩐지 싸더라며 멋쩍어했다. 요구르트를 덤으로 준다기에 유통기한이 다된 우유를 사오기도 하였다. 그는 세 가지 이상의 심부름은 늘 벅차 했다. 그러면서도 담배, 로또 복권은 잊지 않았다.

은행 CD기는 그에겐 무용지물이다. 현금 찾는 것만 배우라 해도 시도도 해보기 전에 난색을 보이며 손사래 치곤 했다. 요즘 세상에 남편 같은 기계치가 또 있을까? 주민센터의 위치를 몇 번이나 일러주었는데도 여전히 헷갈린다. 그냥 하던 대로 내가 다 해야 할까? 어디서부터 무엇을 어떻게 얼마큼 가르쳐주어야 할까?

한 번은 모임 때문에 바깥에 있는데 큰일 났다며 남편으로부터 전화가 왔다. 무슨 큰일? TV가 안 켜진단다. 고작 TV

못 보게 되었다고 모처럼 외출 중인 아내에게 전화를 걸어 이 호들갑이라니! 순간 괘씸했지만 참고 이렇게 저렇게 해보라 했다. 여전히 작동이 안 된단다. 그러면서 하는 말이 아무래도 TV가 고물이어서 고장 난 것 같단다. 나는 코웃음을 쳤다. 또 시작이었다. 내가 돌아와 리모컨으로 TV를 소생시킬 때까지 그는 컴컴한 화면과 실랑이를 벌이고 있었다.

남편의 서툰 행동은 이뿐만이 아니다. 냉장고를 연 그는 한참을 그냥 서 있곤 한다. 원하는 반찬을 찾을 수 없단다. 뻔히 보이는 데도 왜 매번 없다고 하는지 미스터리다.

세탁기도 쓸 줄 모른다. 한 번은 이런 일도 있었다. 내가 외국 여행에 갔을 때 세탁기 작동 순서를 다시 알려달라고 버튼 사진을 카톡으로 보냈다. 친구들이 아연실색했다. 여행지에서 돌아오니 세탁물은 세탁기 속에서 푹푹 쉰내를 풍기고 있었다. 게다가 사용한 컵들이 여행 날짜만큼이나 싱크대에 쌓여 있는 걸 보니 기가 막혔다.

가전제품 작동법을 일일이 가르쳐주어도 매번 처음 본단다. 모르면 가만히나 있지 온갖 버튼을 다 만져서 고장 내거나 다시 입력하게 했다. 핸드폰은 이것저것 다 눌러대어 스팸이 무성하다. 아휴 이거 이제 바꿔야지, 못 쓰겠어 하며 자기 탓 대신 기계 탓을 해댄다. 무엇 하나 찾으려면 급한 성질대로 땀을 뻘뻘 흘리며 온 집을 들쑤시기 일쑤다. 못질 한 번 하려면 펜치, 망치, 전동드라이버, 의자, 걸레까지 불려 나와 시중을 들어야 했다. 그의 '적응'을 위해 터지는 속을 참고 또 참는다. 다행히 요즘에는 음식을 데워주는 전자레인지 작동만은 무난히 잘해내는 편이어서 나의 외출이 한결 수월해졌다.

그의 손발은 너무 오랫동안 생업에 묶여 있었다. 일에서 놓여난 그는 무사히 집에 돌아와 내 곁에서 안식을 누리는 중이다. 순간순간 그에게 감사한다. 치열한 경쟁에서 놓여난 그의 뒷모습이 때론 쓸쓸해 보여 마음이 애잔해지는 때도 있다. 날카로웠던 시선 대신 부드러운 눈매로 변해가는 그가 낯설다. 자잘한 일상에 적응하려고 애쓰는 모습은 한편 안쓰러우면서도 눈물겹다.

아들네 집 앞에서 그이를 기다렸다. 그는 비닐에 쌓인 케이크를 들고 의기양양하게 걸어왔다.

"당신이 말한 '조그만 케이크' 여기 있소."

보니까 작아도 너무 작다. 딱 커피잔만 한 크기였다.

"이게 케이크예요? 뭐가 이렇게 작아?"

"당신이 '조그만 케이크' 사오랬잖아. 그래서 이게 딱 맞다 싶었는데 뭐가 잘못되었나?"

세상에나, 이걸 누구 코에 붙이나? 명색이 생일 케이큰데!

"먹을 것도 많은데 이거면 됐지. 앙증맞고 얼마나 예뻐!"

당황해서 오히려 큰소리치는 남편을 바라보다 나도, 마중 나온 아들, 며느리도 웃음보가 터졌다. 그도 얼굴을 붉히며 따라 웃는다.

갈 길은 아직 멀다. 남편은 아직 적응 중이다.

그래,
기다려라! 딸아!

　한 달 후면 딸이 출산을 한다. 딸의 배는 하루가 다르게 커지고 있다. 허리를 손으로 받치고 무겁게 걸음을 옮기는 모습이 안쓰럽다. 나의 산모 시절이 요즘 부쩍 떠오르곤 한다.
　결혼 1여 년 만에 기다리던 아기가 들어섰다. 만혼인 사위의 나이를 생각해서라도 빨리 아기를 가지라며 은근히 속을 끓이던 친정아버지의 얼굴이 비로소 환해졌다. 줄줄이 손녀만 보신 시부모님은 은근히 손자를 바라셨다.

시어머니는 입덧도 하지 않는 나를 보고 당신이 아들을 가졌을 때와 같다며 은근히 기대를 품었다. 당시에는 어른들이 산모 배의 생김새를 보며 아들, 딸을 점치곤 했는데 두루뭉술한 모양새가 영락없이 아들이란다. 아기용품도 온통 남자애에게 어울림직한 파란색으로 준비했다. 지금의 산모들은 초음파로 성별을 미리 알 수 있단다. 지난 일이 참 아득한 옛이야기처럼 느껴진다.

나는 출산을 계기로 낯선 시집살이에서 잠시 벗어나고 싶었다. 태중의 아기가 커갈수록 고작 방 두 칸이지만 친정집이 사무치게 그리웠다. 김이 모락모락 나던 엄마표 밥만 생각하면 절로 침이 고였다. 하지만 출산일을 불과 며칠 앞두고 막냇동생의 맹장이 통증을 일으켰다. 나의 친정행은 무산되고 말았다.

시어머니는 대각미역을 사들였다. 부정 탈까 봐 미역을 꺾지 않고 광에 보관하셨다. 배냇저고리도 손수 만드셨다.

헌데, 모두의 기대와는 달리 딸이 태어났다. 간호사가 "공주님입니다!" 하는데 귀를 의심했다. 순간 아기를 보여 달라고 했다. 야무지게 입을 오므리고 있는 얼굴이, 가냘픈 몸이 눈에 들어왔다. "수고했어, 아가야. 건강하게 태어나주어 고맙다!" 빰을 어루만져주었다. 출산의 고통을 함께 겪었을 아기가 든든한 동반자처럼 느껴졌다. 그 첫인사는 육아 내내 내게 큰 힘이 되었다.

손녀라는 소리에 시어머니는 짐짓 아무렇지 않다는 듯 서운한 기색을 내비치지 않으셨다. 하긴 당신도 맏딸을 낳고 아기가 들어서지 않자, 씨받이를 들여서라도 대를 이어야 한다는 문중 어른들의 압력에 시달렸단다. 이심전심이 통했으리라.

"이거 마시거라."

언제 준비했는지 꿀물이 담긴 병을 내미셨다. 내가 멍하니 앉아 있자 남기지 말고 얼른 다 마시라며 채근하셨다. 울컥, 딸 낳은 죄인이라는 생각이 들었다. 나중에 알고 보니 산후에 금방 꿀물을 마시면 산후통이 없다는, 시할머니께 배운 속설을 대물림하신 것이었다. 꾀꼬리처럼 말씀 많던 분이 고개만 끄떡끄떡하더니 일찍 집으로 돌아가셨다. 나중에 들으니 당신도 혹시 아기가 바뀐 게 아닐까 하는 생각이 들 정도로 당황하셨단다.

아들을 낳은 옆 침대 산모는 왠지 당당해 보였다. 그녀의 남편은 음료수며 빵이며 먹거리를 잔뜩 들고 와 밤새 잔치를 벌였다. 출장 갔다가 달려온 남편은 슬쩍 나를 바라보고는, 눈코 뜰 새 없이 바쁘다는 말만 남기고 온다간다 소식이 없었다. 딸을 낳아서 그러나 하는 서운함이 밀려왔다. "산모가 울면 좋지 않아요." 간호사가 오가며 말렸지만 에미 된 첫 밤에 나는 주책없이 흘러내리는 눈물을 막을 길이 없었다.

시어머니는 의외로 강건하셨다. 당신이 손수 산후조리를 하겠다고 나섰다. 하지만 첫 손주를 본 엄마도 만만치 않았다. 엄마는 산후조리를 도와줄 아주머니를 친정 동네에서 섭외하더니 수고비와 차비까지 부담하셨다. 어려운 살림에 그리하신 게 미안했지만, 뒷배가 든든한 느낌이 들어 으쓱했다. 아주머니는 버스로 한 시간여, 게다가 산꼭대기에 있는 우리 집까지 매일 출퇴근했다. 지금은 어림도 없는 일이리라.

한여름 초복에 출산한 산모의 방은 불을 때어 쩔쩔 끓었다. 두툼한 솜이불을 들치면 불호령이 떨어졌다. 아기는 그 찜통을 견디지 못해 땀띠를 뒤집어썼다. 하지만 시할머니가 전수한 산후조리법은 시댁의 불문율이었다. 막내 시누이가 외국에서는 산모가 출산 후 금방 샤워하고 아이스크림까지 먹는다는데 했다가 혼이 났다.

아기가 땀띠를 견디지 못하고 시도 때도 없이 울어대자, 시어머니는 방에서 아기를 데리고 나가 당신이 손수 우유를 타서 먹이셨다. 산모의 몸이 뜨거우니 서로 닿으면 아기의 땀띠가 더 심해진다고 하셨다. 그럼에도 젖이 잘 나와야 한다며 미역국을 연속으로 내게 들이미셨다. 나는 젖몸살을 앓으며 불안감에 시달렸다. 도대체 앞뒤가 맞지 않는 불분명한 의견에 온 집안이 죽 끓듯했다. 산후우울증이 무섭게 달려왔다.

아주머니는 쯧쯧 혀를 찼지만, 그저 묵묵히 일만 하셨다. 산꼭대기에 위치한 우리 집은 동네 펌프장의 수압이 낮은 관계로 낮에는 수돗물이 나오지 않았다. 아주머니는 매일 기저귀를 삶아서는 동네 우물까지 가서 빨아왔다. 시어머니 몰래 찬 수건을 대고 나를 마사지를 해주었다. 아주머니는 돌보지 못해 무성해진 마당의 잡초를 낫으로 베기도 했다. 그런 사정이 엄마에게 알려졌다.

마침내 삼칠일 금줄이 걷히고 그동안 차마 오시지 못했던 엄마가 우리 집에 오셨다. 그때 시어머니는 잠 못 들고 보채는 아기를 종일 안고 있었다. 아기를 받아 든 엄마는 무더위에 겹겹으로 싸매 놓은 아기를 보고 기겁하더니 훌훌 옷을 벗겼다. 시어머니는 엄마의 단호한 손길에 입을 뗄 엄두를 내지 못하셨다. 아기가 시원한지 이불에 편하게 누워 쌔근쌔근 잠이 들었다. 엄마는 어디서 들었는지 아기도 시원하게 입히고, 손을 자유롭게 해야 소화가 잘되어 젖도 잘 먹는다고 했다. 의외로 시어머니도 고분고분 말을 따랐다. 여태 시어머니께 말 한마디 제대로 못 하던 엄마가 무슨 용기로 그리했는지 의아했다. 덕분에 나도 더운 방에서 탈출할 수 있었다.

30여 년이 흐른 이제 아기였던 딸이 성장하여 엄마가 된다. 딸이 딸을 낳는다니! 새 생명을 맞이하는 기쁨에 가슴이 벅차오르지만 한편, 매사 언행에 조심하게 된다. 새록새록 그 시절의 두 어머니가 떠오른다. 시어머니의 고집스럽던 산후조리 덕인지 나는 산후풍을 크게 앓지 않았다. 당시 엄마의 애끓었을 심정을 이제야 가늠해본다. 딸을 선호하는 요즘의 세태가 새삼 고맙게 여겨진다.

딸은 출산 후 산후조리원에서 푹 쉬고 나오겠단다. 나와 같은 우여곡절은 겪지 않겠구나! 안심하면서도 서운한 마음이 든다. 미역국을 끓이길 하나, 아기 기저귀 한 번 갈아줄 수 있나, 아기 목욕을 시켜줄 수 있나, 외할머니 될 나는 당장 아무 할 일이 없다.

문득 꿀단지가 눈에 들어왔다. 고집스럽게 다 마실 때까지 나를 지켜보시던 시어머니가 떠올랐다. 그때는 서러움을 타 마셨지만 그 꿀물처럼 달달한 맛은 그 후 만나지 못했다. "산후 꿀물은 찬물에 타야 한다, 잊어버리지 말거라!" 하셨던 말씀을 떠올리며 꿀을 한술 떠본다. 가슴이 아려왔다.

"그래, 기다려라. 딸아! 내가 꼭 꿀물 타가지고 가마."

그리움이 꿀단지에 툭, 떨어졌다.

맨발로
산을 오르다

맨발로 산을 오른다. 땅이 서늘하다. 내가 죽어 돌아갈 곳, 이 차가운 대지라는 걸 잊고 살았다. 발이 뿌리가 된 듯 상큼함이 온몸에 퍼진다.

여명의 시간, 부지런한 발걸음들이 기도를 방해한다. 하긴 무엇을 더 바라겠는가. 또 하나의 업보만 쌓을 뿐이지. 묵묵히 서 있는 나무들 아래 내 마음을 내려놓는다.

장마철, 잔뜩 찌푸린 하늘을 열고 간신히 해가 떠오른다. 그것도 잠시, 먹구름과의 안타까운 숨바꼭질, 기어이 비를 뿌리고 만다.

후드득 나무 잎사귀가 일제히 소리를 지른다. 비는 내게 오지 않고 잎사귀 터널로 내린다. 이제는 연로하여 힘없는 울타리가 되신 시부모님처럼 그렇게 듬성듬성 비를 막아준다.

시간을 되돌릴 수는 없다. 지나온 세월이야 어찌 되었든 그분들의 삶은 내게 거울이 되고 있다. 세상 물정에는 눈을 감아버리고 오로지 자식들 잘되기만 기도하시는 두 분. 일주일 한 번의 만남에 감질을 내고, 자식들 현관문 두드리는 낙에 사신다. 즐거움은 스스로 만드는 거라 나를 채근해 본다.

빗속을 뚫고 폭포같이 쏟아지는 약수를 받는다. 장마철에는 이 물로 보리차를 끓여 먹는다. 제법 많은 물병이 줄을 섰다. 수돗물이 깨끗할까, 장마철의 약수가 깨끗할까? 우리가 알고 있는 게 정말 옳을까? 쏟아지는 정보의 홍수 속에 던져져 있는 나는 과연 누구일까?

하염없는 빗속에 벗은 발이 가엾다. '평소에 제대로 돌봐주지도 않더니 이제는 철떡거리는 진땅까지 밟고 가라 하네!' 원망의 소리가 들리는 듯하다. 남편에게 쏘아붙이던 푸념 같아 피식 웃음이 난다.

발을 내려다본다. 넓적하니 참 못생겼다. 펄 벅(Pearl Syden-stricker Buck, 1892~1972)의 『대지』에서 왕룽에게 푸대접받던 오란의 발이 이렇게 생겼을까? 모양이야 타고난 거지만 아무 탈 없이 내 몸을 지탱하고 있다. 신을 신겼든, 아니든 가자고 하면 한 치의 망설임이 없다. 고맙다. 생각해보면 고마운 일이 어디 한두 가지인가. 만족하고 기뻐하는 마음. 참 많이 잊고 산다.

인간 세계가 비안개에 갇혀 있다. 구름을 타고 날아다니는 신선이 된 느낌이다. 정말이었으면 싶다. 속세를 떠나 허허롭게 살아보았으면. 번뇌와 구질구질한 일상을 벗어나 오로지 나만 있으면 되는 자유 속으로 날아가고 싶다.

지나가는 청년의 어깨에서 김이 모락모락 피어오른다. 그 열기를 문득 만지고 싶어진다. 살아 있는 힘찬 기운, 무엇으로도 바꿀 수 없는 그 젊음을 수혈 받고 싶다. 나도 씩씩하게 빗속을 걸어본다. 열심히 살고 볼 일이다. 나의 저녁은 아직 멀지 않았는가. 오늘은 어제 죽은 사람이 그토록 보고 싶어 했던 날인 것을.

장미에게 들인 시간만큼
소중한 인생론

임헌영(문학평론가)

1. 관계 맺음으로 길들여 시는 게 인연

삶이란 무엇일까? 이 진부한 질문 앞에서 작가 유병숙은 생 텍쥐페리 『어린 왕자』의 한 대목을 인용한다.

"길들인다는 게 뭐야?"
어린 왕자가 물었다.
"관계를 맺는다는 뜻이야. (……) 아름다운 황금빛 머리카락을 지닌 네가 나를 길들인다면 밀밭은 내게 아주 근사한 광경으로 보일 거야. 밀밭이 황금물결을 이룰 때 네가 기억날 테니까. 그러면 나는 밀밭을 스쳐 지나는 바람 소리마저도 사랑하게 될 거야."

"내가 어떻게 하면 되는데?" (……)

"인내심이 필요해. (……) 말은 수많은 오해의 원인이 되거든. 하지
만 하루하루 시간이 지날 때마다 넌 내게 조금씩 다가오게 될 거
야."

―「장미에게 들인 시간」

나=자아를 주체로 삼아 대상=타자와의 관계 맺음을 길들
임으로 풀이한 이 대목을 인용하면서 유 작가는 자신의 생애
에서 가장 빈번하게 접촉하기에 가장 깊은 인연일 수밖에 없
는 객체들을 자신의 체온 그대로를 전이시키는 지극한 애정
으로 포근히 감싸 안는다. 원만한 품성으로 누구와도 두루두
루 잘 어울려 관계와 인연을 잘 맺는 인간상을 일러주는 가
장 촌스러운 구식 표현법에 쑥떡 같은 사람이란 표현이 있
다. 쌈빡한 술어가 아니라 조심스럽긴 하지만 그래도 유 작
가의 작품을 통독하고 나서 나 같은 촌놈 식으로 축약하라
면 이 술어가 떠오르곤 한다. 쑥떡처럼 뇌파의 목덜미 속으
로 술술 들어가는 감성적인 글들이란 뜻까지 수렴해보면 글
이 곧 사람이란 만고의 진리의 한 단면을 꿰뚫어보는 듯하다.

「장미에게 들인 시간」은 두 가지의 기다림을 통하여 인간의 삶을 관통하고 있는 관계 맺음과 인연의 의미를 천착해낸다.

한 기다림은 "고등학교 때 미술학원에서 만나 친구처럼 지내다 결혼"까지 하게 된 아들과 며느리를 기다리는 작가 자신의 모습이고, 다른 하나는 작가 자신을 기다리는 어머니의 시간이다. 그 기다림의 기쁨은 관계 맺음과 인연의 깊이에 정비례한다. 그래서 "만일 네가 오후 4시에 온다면 나는 3시부터 행복해질 거야. 4시가 가까워질수록 나는 점점 더 행복해지겠지. 마침내 4시가 되면 가슴이 두근거리고 안절부절못하게 될 거야. 그러면서 행복이 얼마나 소중한 것인지 깨닫게 돼"라는 명제가 성립한다.

그런데 여기에 아인슈타인의 사차원을 대입시키면 기다리는 쪽의 나이가 많아질수록 기다림의 시간과 즐거움은 확대된다는 것이다. 그래서 작가가 아들을 기다리는 즐거움보다 어머니가 작가를 기다리는 즐거움이 훨씬 짙고 길 수밖에 없다.

이 두 기다림의 차이를 작가는 『어린 왕자』를 읽어가면서 그 대목을 인용하여 미학적인 구조를 장치함으로써 글의 격

조를 격상시킨다. 즉 아들 내외를 기다리며 작가는 『어린 왕
자』를 읽는다. 그러면서 작가는 자신의 내방을 기다리던 어
머니의 기다림을 삽입시킨다.

그런 중 『어린 왕자』의 "비밀 하나를 알려줄게, 아주 간단
한 건데. 마음으로 봐야 잘 보인다는 거야. 정말 중요한 것
은 눈에 보이지 않아"라는 대목을 읽을 즈음에 조바심이 나
서 그 책을 덮고 "베란다를 서성이며 젊은 부부가 걸어 올
라올 길을 하염없이 내다본다. 마치 지난날 담장 밖을 내다
보며 우리를 기다리던 어머니처럼. 당신도 이런 마음이었을
까?"라고 쓴다.

"네 장미가 너에게 그토록 중요한 것은 네가 장미에게 들인 시간
때문이야."
여우의 말이 환청처럼 맴돈다. 바쁜데도 뵈러 오겠다는 아들네의
마음이 안쓰러워 오지 말고 편하게 쉬라고 할까? 하다가도 보고 싶
어 언제나 오나 하고 기다려지는 마음. 기다리게 해도 하나도 서운
한 마음이 들지 않는 그런 기다림. 어머니의 마음을 이제야 읽는다.
ー「장미에게 들인 시간」

여기서 "장미에게 들인 시간"이란 관계 맺음과 길들임으로 애정이 농축된 상태의 상징이다. 그래서 인간은 누구나 장미에게 들인 시간만큼 자기 인생의 벗들을 얻을 수 있다는 뜻이 된다. 만남과 인연의 소중함을 그린 산뜻한 작품이자 작가 유병숙의 인생관을 엿볼 수 있는 가작이기도 하다.

2. 삼라만상에 대한 외경심

북한산 새벽 등산길에서 작가는 여러 소리와 만난다. 작가가 좋아하는 황병기의 〈비단길〉 연주 소리부터 다른 봉우리에서 터져 나오는 한 성악가의 베르디의 오페라 〈라트라비아타〉 중 〈축배의 노래〉로 시작하여 오페라의 아리아를 메들리로 이어 부르다 〈그리운 금강산〉으로 끝을 맺곤 하는 소리들이다.

시간과 장소만 잘 선택했다면 엄청난 황금박스가 될 이런 명곡들 속에서 한 중년 남자가 "좀 조용히 해! 제발 노래 좀 하지 말라니까! 여기 사는 동물들 다 도망가겠어!"라며 반말로 고함을 지르자 늙수그레한 아주머니는 "왜 그러세요? 무슨 일 있으세요?"라고 물었다. 답변은 "산에서 저렇게 크게 노래를 부르면 동물들이 무서워해요. 오래 못 살고 점점 사라지고 있다구요. 아주머니도 노래 좀 그만하라고 소리 한 번 크게 질러주셔요"라고 요청하며 분이 안 풀린 듯 씨근거리며 또 소리를 지르자 서성이던 사람들이 "노래보다 저 소리 때문에 동물들이 다 도망가겠다"라는 구시렁거리는 소리가 들렸다.

여기서 작가는 "아름다운 연주가 산짐승들에게는 큰 고통이 되고 있었다니! 미처 헤아리지 못했다"라며 "오래전부터 산마루에는 '쾌적한 공원 탐방 환경을 조성하기 위해 (……) 소음 행위(고성, 스마트폰, 라디오 등 음향 포함)를 금지하오니 협조하여 주시기 바랍니다', '산에서 고성을 지르지 마세요. 동물들이 놀랍니다'라고 쓰인 현수막"들을 상기시켜주는 것이 작품 「자연에 대한 예의」다.

자연에게 깍듯한 예의를 차리는 유병숙 작가이기에 자신의 인생관을 부드럽게 다져 준 큰 스승의 하나로 산을 거론한다. 저혈압으로 머리가 천근만근 무거워져 백약이 무효였을 때 "남편이 북한산으로 나를 이끌었다." 숨이 턱에 차고 땀이 비 오듯 흘러내리자 "어디선가 한 줄기 바람이 머리를 휙 스치고 지나갔다. 순간 머릿속이 맑게 개는 것이 아닌가? 그 후 만사를 제치고 산에 올랐다. 이젠 남편을 능가하는 산 마니아가 되었다. 그런 나에게 남편은 '머릿속의 바람'이란 아메리카 인디언식의 닉네임"을 선사했다.

육체적인 장애만이 아니라 이젠 근심이 몰아칠 때도 산을 찾게 된 작가가 어느 날 하산 길에서 "난데없는 음성이 들렸다. / 칭찬받으려고 부모님 모신 게 아니잖아! 무슨 생각이 그리 많노!"

그 후 산을 오르내리며 "주저리주저리 하소연하는 버릇"이 생겼고 그러노라니 "답은 늘 마음속에 있었다. / 그저 묵묵히 귀 기울여주고 두 팔 벌려 감싸주는 넓은 품. 그가 아침마다 나를 깨우고, 나를 부르고 있다"는 것이 작품 「머릿속의 바람」이다.

인간의 관계 맺기와 인연 중 가장 소중한 게 뭘까. 당연히 사랑이다. 그런데 유 작가는 사랑을 남녀의 그것보다는 가족애와 우애의 사랑에 치중하면서 그 매개로는 함께 밥 먹기에서 찾는다. 「밥은 먹었니?」에서 작가는 "어린 시절 우리 사 남매는 경쟁하듯 밥"을 먹던 이야기부터 6학년 때 짝이 점심을 굶는 걸 도시락 두 개를 싸서 함께한 삽화를 거쳐 밥과 인생의 행복론을 잔잔하게 펼쳐준다.

이런 눈으로 세태를 바라보노라니 온갖 것이 다 보이게 된다. 바로 작가의 경지에 올라선 것이다. 예를 들면 「그녀는 왜 웃었을까?」에서는 지하철에서 우연히 닥쳤던 한 장면을 형상화해준다. 한 여인이 남편에게 "아버님이 의식이 없으시대요. 의사가 오늘을 넘기기 어렵다고 하네요. 그래서 지금 다시 병원으로 돌아가고 있어요. 당신도 빨리 서둘러 오세요"라고 하자 "사람들이 약속이나 한 듯 일제히 그녀를 바라보았다." 그런데 "40대 중반이나 되었을까. 코가 오똑하고 목소리만큼이나 이목구비가 또렷한 미인형의 얼굴"의 그녀의 표정은 어땠을까.

아! 그런데 당연히 울상일 거라 예상했던 얼굴에 함박웃음이 번지고 있었다. 그녀는 밝은 표정을 감추지 못한 채 달리는 객차 안을 좌왕우왕했다. 그녀의 모습은 흡사 무슨 기쁜 소식이라도 들은 양 들떠 보였다. 그녀를 의아하게 주시하는 많은 시선도 감지하지 못한 듯했다.

-「그녀는 왜 웃었을까?」

여기서 유 작가는 그녀의 웃음의 배경과 원인을 추적해 나가면서 "사실 얼마나 웃고 싶었겠는가? 마음속 무의식이 자신도 모르게 올라왔으리라. 오히려 너무나 인간적이지 않은가 하고 그녀를 변호해 보았다." 이 대목이 유 작가가 산에게 배운 넉넉한 포용력을 발휘하고 있음을 반증해준다. 윤리적인 면으로만 질책할 게 아니라 우선은 이해하고 보자는 것이 이 작가의 사람됨이다. 그렇게 이해를 하면서도 뭔가 미심쩍은 작가는 그래도 "함부로 웃지 말자. 미소조차 감춰야 할 때가 있다. 그것은 동시대에 부모님께 정성을 쏟고 있을 우리네 며느리들의 자존심에 대한 예의가 아닐까?"라는 끝맺음을 빠뜨리지 않는다. 자연에 대한 예의가 있음에 어찌 인간에게 그보다 더 소홀해서야 되겠는가라는 게 유 작가의 인생론이다.

그렇다고 고리타분하게 도덕에 얽매이지 않았음은 「신조어 유감」을 통해 잘 보여준다.

'밤이 깊었네. 밥은 먹었니?'라고 연구소에서 밤샘 작업하는 딸에게 카톡을 보냈더니 회신 온 문자는 '마더 혜레사, 혼밥'이었다. "답장이 마치 공작원 접선 문자 같다"고 넉살을 푼 작가는 이 뜻이 "연기자 김혜자의 이름을 걸고 판매하는 편의점 도시락을 지금 혼자 먹고 있다는 말"이란다. GS25 편의점에서 '김혜자 도시락'이 인기를 끌자 '마더 혜레사' '혜자 푸드' '갓 혜자'로 불리고 있단다. '편도족' 딸답다. "편도족, 즉 편의점 도시락으로 끼니를 때우는 사람을 일컫는 신조어이다."

새 세대의 신조어와는 대조적으로 은퇴한 남편의 삶을 묘파해 나가면서 작가는 진한 부부의 인연의 관계를 인생살이의 가장 소중한 좌표로도 자리매김해준다. 부군은 88올림픽을 빛냈던 호돌이의 유명 디자이너로 세칭 '호돌이 아빠'로 통한다. 수필 월간지 『한국산문』의 제호를 제자해 주신 분이라 수필계에도 널리 알려져 있는데, 유병숙 작가의 「남편은 적응 중이다」를 읽으며 어쩌면 필자와 그리도 동급 정도가 될 만큼 기계치인가 사뭇 웃음을 멈출 수 없었다. "운영하던 디자인 연구소의 문"을 닫고는 "격무와 스트레스에서 벗어나게 된 그는 소년처럼 해맑은 표정"으로 돌아와 "하루하루 신세계가 펼쳐졌다"는 김현 선생.

그러나 사사건건 다 아내의 손을 빌리지 않으면 아무것도 할 수 없는 처지인 정황을 작가는 민망하리만큼 하나하나 거론해주는데 자연에 대해서조차도 예의를 차리던 작가가 이거 좀 심하지 않은가 싶다가도 얼마나 깊은 인연의 업이 쌓인 사이인데 이 정도로야 절대 서운하지 않으리라는 신뢰가 느껴진다. 절대다수의 한국 남성상들이 「남편은 적응 중이다」의 범주에서 결코 자유롭지 못하리라는 유추는 아내가 해외여행을 떠날 때를 가정한 온갖 준비물에 대한 유머들이 풍성한 것만으로도 반증될 것이다. 유머수필로 멋진 주제의 하나다.

3. 두 어머니의 삶을 통한 인생론

유병숙 작가의 작품 중 단연 돋보이는 건 부모님과의 관계 설정과 인연의 깊이다. 가히 효도문학이라고 불러도 좋을 만큼 이 분야의 작품들은 진솔성과 진정성이 넘쳐흐르기에 치매환자의 소재 문학에서 빼놓을 수 없을 것이다.

금강산에서 30리 떨어진 고성 출신인 시어머니는 1948년 "서울에 정착하신 시아버지를 찾아, 시할머니와 함께 어린 자식들을 업고 38선을 넘으셨다. 한국전쟁 발발 당시 남으로 내려오려던 외조부모님은 막내아들이 의용군에 끌려가자 애가 타서 그예 눌러앉으셨다. 어머니의 친정 식구는 그렇게 휴전선 북쪽에 남게 되었다."

당연히 "1983년 6월 30일부터 138일 동안이나 방영된 이산가족 찾기 특별 생방송 〈누가 이 사람을 아시나요〉라는 프로그램"의 열렬한 시청자이자 신청자에다 금강산 관광까지 다녀온 전말기를 다룬 게 「어머니의 고향은 금강산」이다.

개성으로 시집간 어머니는 시할머니께 전수받은 개성 음식들을 익혀 "유별나게 깔끔하고 담백하며 맛깔"스러웠던 음식 솜씨를 지녔으나, "며느리는 물론 시누이들에게조차 입을 열지 않으셨다. 칭찬을 독차지하고 싶은 마음이 얼마나 크기에 그러셨을까? 그 성역에 나는 감히 발도 디밀지 못하고 주위만 뱅뱅 맴돌곤 했었다."

이 시어머니의 치매 초기 증상을 그린 작품이 「그분이라면 생각해볼게요」다. "어느 날부터인가 어머니의 음식 맛이 달라지기 시작"하더니 "정체불명의 음식이 식탁에 올라왔다.

조리법과 상관없이 갖은 양념을 마구 넣어 섞었다. 고유의 음식 맛이 사라지고 이도 저도 아닌 잡탕 맛에 식구들은 난감해했다."

그런 중 아버님이 돌아가시자 급작스럽게 악화되었다.

아침에 목욕을 시켜드리고 어머니의 얼굴에 로션을 발라 드렸더니 싱긋 웃으며 "어휴, 좋은 냄새! 언니(며느리, 곧 작가를 지칭), 나 시집보내려우?" 하며 한껏 달뜨신다.

"멋진 할아버지 구해드려요?" 짓궂은 내 말에 "싫어. 혹시 내 신랑이라면 모를까."

"신랑이 누구예요?"

어머니는 얼른 아버님 함자를 대며 "그분이라면 생각해볼게요!" 하신다.

귀여우신 우리 어머니! 수줍은 구십 노파의 눈동자에 생전의 아버님이 한가득 고여 있었다.

－「그분이라면 생각해볼게요」

홀로 된 이후 며느리와 더욱 친숙해져 망각의 늪 속에서도 며느리의 얼굴은 몰라보나 이름은 그대로 기억하면서 호칭은 '언니'로 불렀다. 이와 관련된 많은 아기자기한 일화들이 「내 이름은 유병숙」, 「언니는 일등요리사」 등이다.

치매의 경중 시기를 다룬 글이 「새로운 삶을 도와주는 집」으로 집에 함께 지내면서 낮에는 데이케어센터에 모셨던 시기의 일화들을 다룬다. 「사람을 쬐다」, 「눈을 뜨고 꾸는 꿈」 등이 이 시기를 다룬다.

그러다가 요양원 입원 이후 시기를 다룬 글이 유병숙 작가의 창작혼이 가장 빛나는 미채 주제 산문의 절정을 이룬다.

「어머니의 공책」에는 첫 장부터 마지막 장까지 '관세음보살'이란 한 단어만 가득해서 그 이유를 묻자 "내게 무슨 큰 소원이 있겠니. 우리 자식들 다 잘되라는 기도지. 내가 바라는 건 그것 한 가지야"라면서도 정작 자식들 얼굴도 못 알아보는 정황을 그려준다.

그중 단연 감동의 극치는 「두 분의 합창」이다. 친정어머니가 시어머니 문병 차 찾아가 전개되는 드라마틱한 장면들은 단편 영화로도 손색이 없는 감동의 연속이다. 더구나 친정어머니가 장만해 간 "잡채를 다 잡수시고 무표정한 얼굴로 앉아 있던 어머니는 불쑥 무슨 충동이 일었는지 노래를 부르기 시작"한 장면은 압권이다.

"오동추야 달이 밝아 오동동이냐!"

손바닥으로 테이블을 치며 박자를 맞추기도 하셨다. 노래는 메들리로 되풀이되었다. 그 모습을 지켜보던 엄마가 긴 한숨을 토했다. 생각보다 증상이 심각하다는 것을 확인한 엄마는 많이 당혹해했다. 엄마의 낯빛은 점차 핏기가 사라져 파리해 보였다. 엄마는 슬그머니 면회실을 빠져나가더니 한가롭게 유영하고 있는 흰 구름을 하염없이 바라보고 계셨다.

–「두 분의 합창」

시댁은 불교, 친정은 천주교라 상견례 때부터 갈등을 빚었으나 바깥사돈의 포용력으로 혼인이 성사, 이후 안사돈끼리도 친분이 깊어져 함께 여행을 다닐 정도였다.

그런데 홀연히 "흘러가는 구름에서 눈을 돌린 어머니가 다시 면회실로 돌아왔다. 그리고는 무슨 결심을 했는지 어머니의 노래를 따라 부르기 시작했다."

아, 이 장면은 실로 감동이다.

이 작품의 속편이 「마지막 노래」다. "우리는 어머니가 즐겨 부르시던 노래도 틀어드렸다. 〈동백 아가씨〉, 〈섬마을 선생님〉, 〈바다가 육지라면〉, 〈진도 아리랑〉 등을 어머니는 잘 따라 부르셨다. 난데없이 합창이 되기도 했다."

두 어머니를 통한 삶의 반추는 살아 있는 우리 모두의 최후를 각자의 처지에 맞춰 상상하는 순간을 마련해준다.

유병숙 작가는 이 첫 수필집으로 이제 본격적인 창작의 전성시대를 맞을 조짐이다. 축적된 체험과 성숙된 솜씨로 앞으로의 활약을 기대한다.

대상에 대한 지극한 마음을 고백해가는 사랑의 서사

유병숙의 수필 미학

유성호(문학평론가, 한양대학교 국문과 교수)

1. 수필 문학의 한 정점

우리가 잘 알듯이, '수필(隨筆)'이란 살아가면서 무심하게 지나칠 수 있는 어떤 감동적인 순간을 또박또박한 문체에 실어 전해주는 투명성 높은 문학 양식이다. 수필은 이처럼 작가 자신의 진솔한 고백과 다양한 주제 그리고 자유로운 글쓰기 형식에 장르적 본질을 둔다. 가령 수필에는 작가의 이중 욕망이 숨겨져 있다고 할 수 있는데, 그 하나가 절실한 고백을 통한 자기 확인 욕망이라면, 다른 하나는 타자를 향한 전언(傳言)의 의지이다. 이때 작가는 고백적인 전언을 통해 타자의 삶에 유의미한 충격과 변형을 주려 하는 것이다. 유병숙 수필집 『그분이라면 생각해볼게요』(특별한서재, 2019)는 이러한 수필의 존재 형식과 미학적 속성에 충실하게 부합되는 성과라고 할 수 있을 것이다. 그녀의 수필들은 한결같이 잔잔한 인생론적 사색의 결실을 투명하고도 견고한 문체에 실어 들려주는 실내악과도 같은데, 그 안에는 삶의 비균질적이고 우연적인 상황이나 사건 혹은 장면들을 안아들이면서 더욱 넓고 깊은 내면의 세계로 나아가는 작가의 힘겨운 경험과 예지가 녹아 있다. 그 경험과 예지는 빛나는 예술적 감성에 의해 감싸여 있으면서 한편으로는 타자를 향한 해석의 남다른 힘을 장착하고 있기도 하다. 유병숙 수필집은 그 점에서 우리 수필 문학의 한 정점을 보여주는 성취라고 말할 수 있을 것이다.

2. 사람살이의 난경(難境)과 아름다움

근원적으로 수필의 내용과 형식은 작가의 성정(性情)과 교양을 고스란히 드러내며, 작가 자신의 인생관이랄까 세계관이랄까 하는 것들을 비교적 분명하게 표상한다. 그 내용에는 일상의 기쁨이나 슬픔도 있고, 보다 더 공공적인 영역에 대한 분노나 탄식 같은 것들도 들어 있을 것이다. 수필의 형식을 떠받치는 가장 중요한 것이 바로 문체(文體)일 텐데, 한 줄 한 줄 진행되어가는 문장의 세련성과 개성이 수필 문학의 으뜸 조건임은 두말할 나위 없을 것이다. 유병숙 수필에는 그녀만의 강렬한 인생론과 함께 고유의 문체 미학이 깃들어 있다. 그것은 작가의 의도가 자신의 정서를 독자에게 잘 전달해서 특별한 감동을 불러일으키는 데 있기 때문일 것이다. 자못 은은하고도 강렬한 감염성을 가진 내용과 형식이 아닐 수 없다. 수필집 1장에는 가족들과 나눈 삶의 애환이랄까 소중한 관계에 대한 기억이랄까 하는 것들의 애틋하고도 생생한 기록이 담겼다. 특별히 병고를 앓으신 시어머니에 대한 동행 일지(日誌)처럼 읽히는 글들은 모두 한 편의 연작 서사처럼 다가온다.

시어머니에게 알츠하이머 증상이 나타났다. 발병 후 시아버지는 "네 어머니는 치매가 아니다. 그냥 건망증이 심하게 왔을 뿐이야. 그렇게 알거라"라는 짧은 말씀으로 아내의 자존감을 지켜주고자 했다. 작가는 그러한 시아버지를 향해 "당신도 노환으로 불편한 몸일망정 아버님은 어머니의 가장 힘 있는 보호자였던 것이다"라는 해석을 내린다. 다음 구절은 책의 제목을 담은 부분인데, 신랑은 물론 아들이나 며느리도 알아보지 못하는 어머니의 반응이 아린 실감으로 온다.

"신랑이 누구예요?"
어머니는 얼른 아버님 함자를 대며 "그분이라면 생각해볼게요!" 하신다.
귀여우신 우리 어머니! 수줍은 구십 노파의 눈동자에 생전의 아버님이 한가득 고여 있었다.
— 「그분이라면 생각해볼게요」

이어지는 1장의 작품들은 모두 하나의 서사로 집중되면서 시부모님을 모신 며느리로서의 체험적 직접성을 잘 보여준다. 총명하셨던 어머니가 "망각이라는 강 앞에서 서성이고 계신" 시간들은 며느리로서, 작가로서의 삶에 어마어마한 충격과 고통과 감사의 연쇄를 낳아간다. 옛날 정성을 다해 어린 손녀를 가르쳤던 어머니가 이제 그 크신 은혜에 적으나마 화답하는 손녀의 가르침을 받고 계신 장면은 그대로 우리 인생을 은유하는 듯도 하다.

세월이 흘러 딸의 보호자였던 나는 이제 어머니의 보호자가 되었
다. 필경 먼 훗날엔 아들이나 딸이 나의 보호자가 되어 이렇게 서
있을 것이다. 미처 생각지 못했던 미래의 내 모습이 눈앞에 펼쳐
지고 있었다.

—「사람을 쬐다」

왜소한 몸에 새겨진 주름들은 마치 어머니가 세월을 필기도구 삼
아 평생 써온 자서전처럼 느껴졌다.

—「마지막 노래」

어머니는 기억 중에 어렵고 힘들었던 일부터 잊어버렸다. 그것이
어머니를 긍정의 세계로 안내하고 있는 듯하다. 과거와 미래의 걱
정이 사라진 현재 속에서 어머니는 어쩌면 일생 중 가장 평안한 시
간을 보내고 계신지도 모른다.

—「눈을 뜨고 꾸는 꿈」

이러한 표현들은 작게는 어머니의 증상과 그로 인한 변화

를 함의하지만, 좀 더 크게는 우리의 삶 자체의 역설적 과정을 그대로 보여준다. 우리는 늙어가면서 어린애가 되기도 하고, 온몸에는 짙은 세월의 기록이 새겨지기도 하며, 기억과 망각의 사이에서 서성거리기도 하지 않는가. 따라서 유병숙 수필 안에는 삶의 궁극적 이치까지 탐사하려는 성찰적 의지와 예술적 표현이 빼곡하게 담겨 있다. 작가는 대상을 향한 순정한 마음과 삶의 보편적 이법에 대한 깨달음을 한꺼번에 들려줌으로써, 날카로운 해석안(眼)과 함께 에세이의 드문 위의(威儀)를 구축한 것이다. 이러한 따뜻하고 아름다운 생각과 표현을 통해 작가는 갈등보다는 화해, 상처보다는 치유, 부정보다는 긍정을 강조해마지 않는다. 그래서 갈등을 유발할지도 모를 상황을 배경으로 한다고 하더라도, 그것을 따뜻하고도 아름다운 내면적 의지로 하나 하나 극복해가는 것이다.

관세음보살은 중생의 고통을 소리로 듣고 구원해주는 보살이라고 한다. 지성이면 감천이라는 말이 있듯이 세상에 부처님이 존재한다면 어머니의 기도를 들어주시리라 나는 확신하고 싶다.

−「어머니의 공책」

즐거운 순간들은 가슴에 오래 머문다 했다. 그런 기억들은 시간을 초월해 영원히 남아 있게 될 것이다. 행복했다는 말보다 더 많은 의미를 함축한 순간을 남길 수 있다면 죽음이 한없이 두렵거나 슬프지만은 않을 듯했다. 뜻밖의 선물을 받은 나는 가슴이 차오르는 것을 느꼈다.

－「잘 있거라, 나는 간다」

'어머니의 기도'와 '어머니의 선물'이라는 표현에서, 돌아가신 분에 대한 그녀의 기억이 애잔하고 진정성 있는 품으로 다가옴을 느낄 수 있다. 이러한 작품들은 사사로운 순간의 감각을 솔직하게 표현한 것처럼 보이지만, 어쩌면 그 안에는 삶을 향한 작가 자신의 해석과 판단을 감싸고 있는 예술성이 강하게 묻어난다. 이때 그녀의 작품들은 매우 친화적이며 화해적이며 예술적 가치를 추구해가는 서사가 되어간다. 그 안에는 때로 감성적이고 때로 지성적인 인생론이 농울 치고 있는 것이다.

원래 '감성'이란 인간과 세계를 이어주는 원초적 유대 고리의 역할을 한다. 그것은 일상에서는 이성의 통솔을 받지만 예술에서는 작가 자신의 순수한 모습을 나타냄으로써 인간 삶의 상징적 징표를 선명하게 마련해준다. 그래서 감성을 통해 세계를 이해하는 것은 매우 소중한 감각적이고 미학적인 계기를 모두에게 부여한다. 그에 비해 '지성'이란 삶과 사물을 개념에 의해 사유하거나 객관적으로 인지하고 판정하는 능력을 말한다. 따라서 그 기능은 합리성, 객관성의 검증에 놓여 있다. 유병숙 수필은 감성에 토대를 두면서도 감성으로의 편향 가능성을 경계하고, 한편으로 견고한 합리적 지성에 의해 쓰여졌다. 그 점에서 유병숙 수필에는 감성과 지성의 균형이 든든하게 자리 잡고 있다 할 것이다.

결국 유병숙 수필은 어떤 개별적 상황에 대한 감성적 반응과 지성적 해석을 겸비하면서 보편적 삶의 이치 전반에 걸친 판단을 지향하고 있다. 이 점은 수필 정신의 확연한 확장 과정이라고 말할 수 있을 것이다. 그녀 수필에 나타나는 감성과 지성의 균형적 개입은 수필의 심미적, 비평적 기능을 제고하여 문학적 차원을 한 단계 높이고 있는 것이다. 기억의 질병을 앓다 돌아가신 시어머니를 향한 그녀의 헌신적인 정성의 시간들은 한 편의 서사가 되어 사람살이의 난경(難境)과 그것을 이겨가는 아름다움을 동시에 전해주는 순간이 아닐 수 없다.

3. 삶의 근원에 대한 상상적 경험

근원적으로 수필은 자기 탐색의 성격이 짙은 부드러운 산문문학이다. 그래서 작가로서는 자신의 주변에서 친숙하게 경험하는 일상에 언어적 초점을 맞추게 마련이다. 일상에서 마주치는 이러한 순간적 감동과 깨달음을 평이하고 친화력 높은 문장으로 제시한다.

하지만 그렇다고 수필이 아무나 쓸 수 있는 손쉬운 양식은 결코 아니다. 그 안에는 인생에 대한 날카로운 비평적 감각도 있어야 하고, 우리가 귀 기울여야 할 적정한 해석 과정도 있어야 하고, 무엇보다 밑줄 치고 싶을 정도의 문장의 매혹이 있어야 하기 때문이다. 유병숙 수필은 이러한 수필의 존재 조건들을 함빡 충족하면서, 무엇보다도 친근한 대상들을 새삼 호명하고 상상적으로 소환하는 과정을 보여주기도 하고 자신이 겪은 깨달음의 순간을 유려한 감각의 문장으로 실어 들려주기도 한다.

아직은 여유가 되지 않아 비워둔 집. 하지만 때가 되면 저 담부터 헐고 싶다. 누구든지 들어와 마당의 햇볕 속에서 차 한 잔 편하게

마실 수 있도록. 동네 아이들을 위해 책도 좀 갖다 놓으련다. 평지
에 있으니 동네 어르신들의 만남의 장소로도 좋겠다.

─「거미가 지키는 집」

낡은 집에서 느낀 내면적 넉넉함과 자유로운 사유를 기록
하는 한편 "마치 오랜 친구를 만난 듯 편안한 기분"(「무스코카
의 그 노인」)을 들려주고, "치열한 삶은 그 자체만으로도 아름
답다"(「그림이 있는 정원」)라는 전언을 들려준다. 인생 곳곳에서
작가의 이러한 사유와 경험은 매우 보편적인 인생론적 가치
에 대한 발견으로 나아간다.

사람은 꿈을 먹고 산다고 했다. 기회와 행운은 활짝 가슴을 열고 아
직도 나를 기다리고 있을까? 나는 한번이라도 제대로 꿈을 꾼 적이
있었을까. 저토록 치열한 그들이 있지 않은가!

─「공주는 잠 못 이루고」

죽음은 신의 영역으로 들어서는 가장 성스러운 경로일지도 모른
다. 인간인 내가 그 찰나에 감히 신의 판단에 참견했었다. 아주 먼
미래에 아버지를 뵙는 날, 내가 한 죄송한 일을 모두 여쭙고 용서

를 빌어야겠다.

—「그녀의 선택」

우리는 '치열한 꿈'과 '성스러운 죽음' 사이에서 살아가는
지도 모른다. 유병숙은 자신의 지나온 시간을 회상하는 순간
에도 인간 모두가 겪어야 할 필연적인 장면들을 오버랩시키
면서 누군가는 꼭 치러야 할 것 같은 고통과 환희의 순간을
채록해간다. 그녀의 수필이 친숙한 가독성과 함께 깊은 예술
적 울림을 가진 까닭이다. 물론 문학 안에 반영된 시간은 경
험적 시간 자체가 아니라 작품 내적으로 변형된 미학적 시간
일 것이다. 우리의 기억이라는 것도 심상(心像)이라는 지층(地
層)에 남아 있는 시간의 변형된 흔적일 뿐이다. 유병숙은 의
식 저편에 깃들인 미학적으로 변형된 시간들을 복원하여 삶
의 현재형을 유추해 가는데, 그러한 유추는 대상에 대한 깊
은 사랑으로 번져가면서 다시 스스로의 삶을 반추하는 과정
으로 이어진다. 그녀의 수필은 이러한 문학적 기억의 원리를
충실하고도 눈물겹게 보여주는 것이다. 대상에 대한 한없는
그리움을 주조(主潮)로 하면서 우리로 하여금 소소한 일상의
소중함과 역사의 광활함 그리고 존재론적 근원의 선명함까

지 상상하게끔 해주는 것이다.

4. 작가 고유의 예술성

앞에서도 말했듯이, 유병숙 수필에는 개성적인 인생론과 함께 작가 고유의 예술성이 강하게 들어 있다. 그녀의 수필은 진솔한 삶의 태도와 함께 작가의 생애와 인격을 투명하게 반영한 예술적 갈망을 잘 드러낸다. 책의 3장에는 '산'으로 대표되는 자연 이야기가 많은데, 여기서 '산'은 훼손되지 않은 원형성을 띤 신성한 공간으로 나타난다. '산'을 향한 사랑과 탐사의 시간은 그녀로 하여금 그 시간만큼은 일상을 송두리째 벗어나 '낯선 자아'와 한껏 마주치게끔 한다. 물론 그것은 일상으로의 복귀를 전제로 한 떠남이기 때문에 다시 '익숙한 자아'로 돌아오는 회귀형 구조를 취한다. 하지만 돌아온 '자아'는 예전 그대로가 아니라 타자의 경험을 깊숙이 받아들인 '새로워진 자아'일 것이다. 이때 타자화한 시공간은 그녀만이 누리는 정신의 극점이기도 하고, 고단한 삶의 탈출구이기도 하며, 상상 속에서 가닿을 수 있는 격절의 산정(山頂)

이기도 할 것이다.

아직 도착하지 않은 걱정은 내려놓고 자유롭게 살기로 한다. '머릿속의 바람'이 가동하기 시작한다. 나의 산은 오늘도 변함없이 맑음이다.

－「머릿속의 바람」

잣나무에서 청설모가 잣 껍질을 퉤퉤 아래로 뱉어내고 있었다. 산비둘기는 오가는 등산객에 아랑곳없이 구구거리며 먹이 삼매경에 빠져 있었다. 까마귀가 내 머리 위를 휘돌더니 까욱까욱 소리를 지르며 날아갔다. 돌아보니 산은 아무 일도 없다는 듯 무심히 해바라기를 하고 있었다.

－「선을 넘다」

언제나 그대로 있는 '산'과 언제나 흔들리고 흘러가는 '바람'은 그렇게 은은하고도 깊게 삶의 양면적 속성을 은유하면서 거기 그대로 있을 것이다. 그렇게 유병숙은 "자연에 기대어 사는 우리는 얼마나 작은 존재인가!"(「산사태」)라는 표현을 통해 자연을 대할 때 취해야 할 "최소한의 예의"(「자연에 대한 예의」)를 강조한다. 일견 생태적이고 일견 만유정신론(萬有精神論)에 바탕을 둔 사유 방식이라고 할 수 있을 것이다.

돌아보면 우리 삶은 참으로 우연한 일들의 연속이다. 물론 합리적 과정이나 절차에 반응하고 대처하는 일이 삶의 중요한 속성을 이루지만, 합리적 해석과 반응을 무색하게 만드는 예외적 순간은 우리에게 합리성의 한계를 선명하게 알려준다. 이성과 탈(脫)이성의 힘은 늘 비껴가면서 삶의 양면성을 이루어간다. 그래서 우리는 합리성으로 현실을 해명하려 하지만 그와 동시에 비합리적 운명이나 욕망에 대해서도 관심을 기울이지 않을 수 없다. 어디 그뿐인가? 아폴론적 질서와 디오니소스적 혼돈의 상호작용 또한 우리 삶을 신비롭게 만드는 중요한 측면이 아닌가. 작가는 합리성과 함께 심미적이고 순간적인 충일함 같은 데서 존재론적 확신을 느끼는 경우도 적지 않게 들려준다.

문득 마당이 있던 옛집이 한없이 그리웠다. 제비가 집을 짓고, 개미가 땅속에 굴을 파고, 나무에 벌집이 걸려도 서로 모른 체하며 풍족하게 살아내지 않았던가.

－「말벌과의 동거」

이 거대한 산맥 아래 서 있는 내가 마치 한 점 티끌처럼 미미하게 느껴졌다. 마음이 하얗게 비워졌다. 오로지 현재 살아 있음에 감사했다.

-「바람의 말을 듣다」

그리움과 감사함의 연속이 어쩌면 삶일지도 모른다. 자연의 생명 앞에 서면 하염없이 작아지고 풍요로워지는 역설의 경험은 유병숙 수필이 가닿은 심원한 지혜의 권역이다. 일찍이 베냐민(W. Benjamin)은 외계와 내면의 순간적 통일을 '아우라(Aura)의 경험'이라 부른 바 있는데, 그것은 사물의 일회적이고 고유한 속성이자 그 순수 외현(外現)으로서 작가는 '말'을 통해 그러한 순간적 경험을 누리게 된다. 유병숙은 '산행'이라는 은유적 과정을 통해 일상에 무심히 길들여져 있는 자신을 성찰하고, 자연 사물과 풍경을 만남으로써 우리에게 무엇이 결핍되어 있고 과잉되어 있는지를 성찰하게끔 해준다. 이는 인간 욕망이 닿지 않은 순수 원형의 속살을 만나는 제의적(祭儀的) 과정이기도 할 것이다. 앞으로도 그녀는 근대적 삶의 효율성에 의해 서서히 사라져가고 있음에도 그 사라짐의 눈부심으로 하여 역설적으로 빛나는 이 땅의 생태적, 문화적

보고(寶庫)를 끝없이 찾아갈 것이다. 작가 고유의 예술성은 이러한 바탕 위에서 가능했던 것이 아닐까 한다.

5. 잔잔한 감동과 새로운 삶의 슬기

결국 유병숙 수필에서는 우리가 사유하고 행동하는 일상적 삶의 미세한 국면들이 섬세한 관찰과 판단에 의해 재구성되고 있다. 우리는 이를 통해 작가의 고유한 관찰과 가치 판단 과정을 알게 되고, 우리 삶의 불모성을 발견하고 새로운 삶에 대한 반성적 시선을 얻게 된다. 그 가운데 가장 원초적인 것이 가족을 둘러싼 이야기일 텐데 마지막 4장은 평범한 일상과 가족 이야기가 따뜻한 온열기구처럼 들어앉아 있다.

끼니때가 아니어도 손님이 찾아오면 엄마는 무조건 쌀부터 씻었다. 마당 수돗가와 부엌을 오르내리며 종종걸음 치시던 모습이 눈에 선하다. 그렇게 차려진 밥상엔 늘 따뜻한 밥이 고봉으로 올라 있었다.

―「밥은 먹었니?」

엄마와 멀리 떨어져 사는 나는 늘 친정이 그립다. 외딴섬에 나만 뚝 떨어져 있는 느낌이랄까. 특히 몸이 아플 때는 엄마가 해주는 밥 한 술 뚝딱 먹고, 한숨 푹 자고 나면 다 나을 것만 같았다.

- 「나도 아픈 손가락」

친정어머니에 대한 살가운 기억들이 선한 그리움으로 얹혔다. 이렇게 유병숙 수필은 우리에게 일상적 삶에 대한 성찰을 경험케 해주는 친화력 있는 언어 형식이다. 그런 친화력으로 자신의 존재론적 기원으로서의 가족을 진중하고도 지속적으로 불러보는 것이다. 그래서 이번 수필집은 자연 사물의 구체성과 함께 그것을 인사(人事)와 유추적으로 연관 짓는 상상력에 의해 펼쳐지는 것이다. 그 안에는 우리 수필의 미래적 지평을 열어주는 호활함과 섬세함이 아울러 담겨 있다. 그만큼 유병숙은 단순하게 기억 저편의 시간들을 불러보는 데 그치지 않고 삶에 대한 심미적이고 형이상학적인 경험을 구성하는 장인 정신을 보여준 것이다. 그녀가 전해주는 친정어머니의 마음이 애잔하게 만져진다.

살아 있는 힘찬 기운, 무엇으로도 바꿀 수 없는 그 젊음을 수혈 받고 싶다. 나도 씩씩하게 빗속을 걸어본다. 열심히 살아볼 일이다. 나의 저녁은 아직 멀지 않았는가. 오늘은 어제 죽은 사람이 그토록 보고 싶어했던 날인 것을.

—「맨발로 산을 오르다」

열심히 살아야 할 인생, 하지만 어김없이 다가오는 외롭고도 쓸쓸한 시간들, 유병숙 수필은 삶의 이러한 이면들을 관조하면서 그 의미를 묻는 철학적 담론이다. 더불어 날카로운 지성으로 새로운 삶의 지향을 예리하게 제시하는 이정표이기도 하다. 그녀가 전해주는 이러한 공감과 긍정의 미학은 우리 수필 문학의 종요로운 성취가 되고도 남을 것이다. 타자화한 시공간의 아우라를 체험해가는 과정, 그곳에서 얻어가는 본원적 깨달음의 과정, 최종적 마음의 형식으로서의 자기 긍정에 이르는 과정은 대상에 대한 지극한 마음을 고백해가는 유병숙의 사랑의 서사가 완성되어가는 실질인 셈이다. 깊고 따뜻한 성정을 통해 삶의 불가피한 통증과 그럼에도 불구하고 솟구쳐 오르는 긍정의 마음을 노래한 유병숙 수필이, 많은 이들에게 잔잔한 감동과 새로운 삶의 슬기를 선사해주기를 마음 깊이 희원해본다. 어느새 그 긍정의 마음은 영원한 것에 대한 갈망으로 파생되어가기도 할 텐데, 이렇게 자신만의 긍정의 미학을 산뜻하고 아름답게 구축해낸 유병숙 수필집에 힘찬 응원을 보낸다.

유병숙 작가의 산문집에 부쳐

이재무(시인)

    생활에서 지혜를 구하고 있는 유병숙 작가의 산문들은 부족의 방언처럼 친근하고 살갑고 정겹다. 온정주의를 바탕에 깔고 있는 그녀의 글은 뭉근하게 끓이는 음식처럼 은근하면서 감칠맛 나는 문채(文采/文彩)를 지니고 있다. 또한 평양냉면처럼 슴슴하고, 담백한 맛의 개성을 발휘하고 있다.

    문채는 단순한 글의 장식적 수사가 아니라 작가의 대상과 세계에 대한 관점과 의식을 뜻한다고 할 때 이로써 작가 유병숙의 세상을 보는 안목과 세계관을 엿볼 수 있다.

    온갖 퓨전과 인스턴트가 넘쳐나는 가공의 시절에 순수 천연의 식재료로 만든 음식처럼 그녀의 글은 꾸밈없이 순정하고 무구하다.

　오래 끓여낸 곰국처럼 경험한 현실을 핍진하게 우려내어 재구성한 그녀의 글들은 읽고 나면 절로 지적 포만감에 젖게 한다. 특히, 치매를 앓는 시어머니를 대상으로 한 연작 수필들은 인간에 대한 존엄을 한껏 드높이면서 인간애의 농밀함을 유감없이 발휘하고 있어 주목을 끈다.

　인간 관계와 삶에 대해 진지한 성찰의 계기를 부여하고 있는 작가 유병숙의 생활 수필이 세상 속으로 뚜벅뚜벅 걸어 들어가 우울한 시대를 힘들게 살아가는 이들에게 큰 위로가 되길 바란다.

일러스트 김 현
유병숙 작가의 남편이자 88서울올림픽 마스코트 호돌이 디자이너

그분이라면 생각해볼게요

ⓒ 유병숙, 2019

초판 1쇄 인쇄일 │ 2019년 4월 11일
초판 1쇄 발행일 │ 2019년 4월 25일

지은이 │ 유병숙
그린이 │ 김   현
펴낸이 │ 사태희
편집인 │ 배우리
디자인 │ 엄세희
마케팅 │ 최금순
제작인 │ 이승욱, 이대성

펴낸곳 │ (주)특별한서재
출판등록 │ 제2018-000085호
주 소 │ 서울시 마포구 양화로 59 화승리버스텔 703호
전 화 │ 02-3273-7878
팩 스 │ 0505-832-0042
e-mail │ specialbooks@naver.com
ISBN │ 979-11-88912-43-8 (03810)

이 도서의 국립중앙도서관 출판예정도서목록(CIP)은 서지정보유통지원시스템
홈페이지(http://seoji.nl.go.kr)와 국가자료종합목록시스템(http://www.nl.go.kr/kolisnet)에서
이용하실 수 있습니다. (CIP제어번호: CIP2019013709)